等星星發亮的男孩

菲力・厄爾 Phil Earle——著　李斯毅——譯

Being Billy

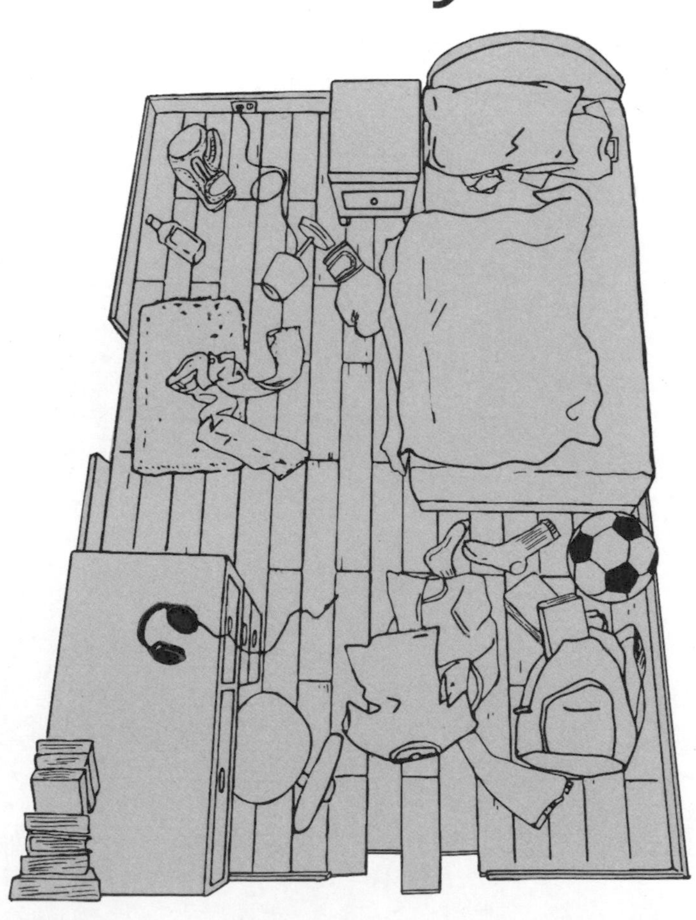

目次

推薦序

等星星發亮

文／陳安儀

我高中的時候，參加學校的「博愛」社團，每週社長都會安排時間，去校外拜訪育幼院、老人院、療養院……等社福機構，帶領我們做志工去陪孩子們玩耍、伴老人們唱歌，或是幫忙生病的患者餵飯、清潔。每一次去義務服務，我總是充滿著熱情；除了樂意為這個社會盡一點力之外，我那顆年輕澎湃的心，也充滿了易感與同情。

還記得有一次，我一整個學期都在某一個教養院中當學童的免費家教，指導一個學習遲緩的孩子。我辛辛苦苦的花費了許多心思：畫卡片、講故事、一遍又一遍、重複了無數次，終於教會了他常用的標點符號。正當我開心的舉起雙臂、拍手歡呼時，說時遲那時快，那個孩子卻立刻閃電一般下意識的往後退，並且火速抬手護住了自己的頭——很顯然，他以為我要打他。

當然，他很快就發現了這是個多此一舉的動作——所以馬上就放下了手。但是就在那電光火石的一剎那，我心中立時明白，那是一個時常受虐打的孩子。我輕聲的問他，是誰常常打他？但是他搖搖頭，什麼也沒有說。十六歲的我，只能傻傻的看著他，不知道該去問誰？也不知道能幫助他什麼？只能默默的帶些小禮物、小點心，希望能讓他感受到大姊姊的溫暖。直到現在，他那與平常做功課時絕不相等的迅捷反應，還有無意中流露的驚嚇眼神，仍然深深烙印在我的心中。

以前的我常常不明白，為什麼我們如此熱烈的在育幼院中與院童親熱的擁抱、玩耍，卻總是得不到同樣的熱情回報？我也不懂他們那小鹿似的純真大眼中，為何總是充滿畏縮和警戒？幾乎沒有例外的，院童們總是小心翼翼的排隊拿糖果、安靜的手拉手唱歌，可是，卻少有一般孩子的活潑、頑皮。

現在回頭想想，我們那蜻蜓點水的「付出」，對這些孩子而言，恐怕只是另一次的虛偽憐憫。就和本書中的男主角比利所認定的一樣：生活中的一切，只不過是說一套做一套的假象，來來去去的慈善家、領了薪水來工作的保護官、不喜歡你就可以「退貨」的寄養家庭……又有誰是真心誠意的付出，日日夜夜的不離不棄？

《等星星發亮的男孩》作者菲力．厄爾，曾在兒童保護機構擔任社工，是受虐青少年的輔導治療師。因此，他用第一人稱的方式，寫出了一個情緒障礙的受虐男孩，如何在絕望混亂中掙扎著求生的故事。比利的生母是單親媽媽，她因為交了一個有暴力傾向的男友，終日只能以酗酒麻醉自己，於是比利和同母異父的雙胞胎一起被送到了育幼院，和院童一起過著團體制式的生活。比利痛恨育幼院，卻又放心不下稚齡的雙胞胎弟妹，即便遇到了一個有耐心愛心的家庭願意收養他，卻因為過往經歷而搞砸了機會。就在這一團混亂的生活當中，只有討厭的「上校」朗尼保護官，一直不離不棄的守在他身邊，無奈比利那顆如鋼鐵般強硬的心，卻堅決不肯融化。然而，這時有一個女孩闖進了他的生命當中……

閱讀這部小說時，可以由作者細膩的筆觸，看到很多令人深思的面向：情緒障礙的孩子到底有什麼樣的心理轉折？不穩定、暴力的父母究竟會帶給孩子什麼樣的創傷？為什麼青少年容易緊閉心扉？為什麼青少年不願意信任大人？罪惡感會造成什麼樣的問題？青少年該如何紓壓？

一本好的小說，應該會帶給讀者一份期待、一份思索，以及一份感動。《等星星發亮的男孩》正是一本這樣的作品。期待大人與青少年，一起分享。

推薦序

每個孩子都在等待一雙溫柔的手

文／邱慕泥（戀風草青少年書房店長）

在戀風草讀書會，總會跟孩子說，他們是非常幸福的。因為他們有一個溫暖而完整的家，有愛他們的爸爸媽媽。但，不是所有的孩子都在這樣的環境下長大，他們可能正為著生存而掙扎與煎熬著，正渴望尋找愛他們的火苗。「一個完整的家」是什麼？對有些孩子來說，遙不可及的夢想。我們可以透過故事文本，讓孩子看到在社會裡不同的角落，不同孩子的另類處境。

看過《泡泡紙男孩》的讀者一定知道，作者菲力・厄爾擅長描寫弱勢青少年如何在困境中，在夾縫中，找到生存的方法，應屬於勵志人心又伴隨少年成長的題材。本書也是作者探討此領域題材的作品。

弱勢孩子、破碎家庭、因為缺乏向上提升的力量，於是再次墜落，然後再次循環，甚至隔代傳遞。「難道沒有停止這樣惡性循環的契機嗎？」常常這樣自問。每個孤單、受虐的孩子，都在等待一雙溫柔的手，牽引他走出黑暗又惡性循環的黑洞。這雙手有時會出現，有些只是天邊上的星星，只能仰望，只能等待。然而仰望與等待，令人感到無奈與苦惱，希望何時才會出現。出現之後，真的帶來改變嗎？星星啊星星，你總是這麼遙不可及，卻又發出微微的光亮，帶給人們一絲絲希望。

誰才會是帶領比利走出黑暗的房間呢？一顆顆微微發光老舊的塑膠星星被黏在育幼院房間的天花板上，比利大部分的時間都窩在自己的房間裡，心裡想著應該如何讓它們再次發光；而比利的心裡亦住著一顆黯淡的星星，他對生活周遭以憤怒來對待、以破壞來宣泄、以攻擊別人當作保護自己的藉口。照顧雙胞胎弟妹，讓他們能有一個「家」的感覺，是比利願意犧牲自己的所有來換取的心願，亦是驅策比利奮力向上的原動力。

「上校」朗尼是育幼院裡的保護官，他以無私的愛引導叛逆的比利，甚至為了比利犧牲假期與金錢為他打造專屬的拳擊健身房，比利卻憤世嫉俗的認為朗尼所做的一切只是為了「薪水」，卻不知比利在其教導下，已漸漸卸除了他心中的暴戾之氣。

黛西的出現，為他帶來星星的亮度。黛西送給比利一顆嶄新的星星，亦讓陽光透進比利幽暗的心扉，聽他傾訴、為他排解心事，當他最好的朋友，讓比利的生活有了不一樣期盼。只是黛西的來歷究竟是……可喜的是比利心中的星星在書末，已微微的自發出光芒，對未來有了不一樣的看法與希望。

跟孩子閱讀與分享這類寫實的故事時，孩子總會問：「世界上真的存在這樣的故事嗎？」我會依據以前擔任過校園社工的經驗，肯定的告訴他們，也許在小細節上，有所不同，但故事的主軸都是千真萬確。我們希望透過陪伴閱讀，讓孩子多認識社會的不同面向，讓他們可以同理其他的孩子，培養柔軟的心。那麼，《等星星發亮的男孩》非常值得我們和孩子細細閱讀，好好分享。

推薦序

開啟生命的對話

文／陳品皓（好日子心理治療所執行長）

憤怒，是來自心理受過的傷。

我從事心理治療許多年，看過大大小小心理受傷的孩子，他們受傷的原因多半來自家中的大人。各式各樣的家庭變故、司法案件或是種種原因，爸媽其中一方因而長期缺席，導致孩子必須在單薄的家庭結構中長大。更多時候，我看到的是在長期遭受家暴、忽視或惡意對待的環境中成長的孩子，他們原本應該要在充滿關懷與陪伴的氛圍中長大，卻因為大人的問題而付出許多慘痛的代價。

我在陪伴孩子們的過程中，最常看到的是他們憤怒的神情，那種憤怒是一種深深的無奈與失落，因為在關係中長期受傷，得不到撫慰，於是憤怒成為一種防衛，為了保護淌血不止的傷口，本書的主角比利，便是在類似處境下長大的孩子。比利如同許多我接觸的孩子一樣，內心是相當無力的，因為他無法處理大人現實生活中的問題，但同時又必須承擔家人的壓力，在得不到大人關注的匱乏之中，不禁懷疑自己是否值得被愛，對孩子來說，這種懷疑是撕裂心靈的痛，是憤怒的核心。無奈的是，生命本身沒有太多商量的餘地，孩子們帶著傷被拋擲進來，只能怨懟。

而大人善意下的理解，對孩子來說就會是一劑珍貴的處方。如同故事中的上校朗尼，他發自內心的在乎比利，願意為比利付出無比的時間與精神，都只為了能夠好好承接住孩子內心的傷，朗尼的善意逐漸帶來了療癒。

在比利的故事中，我們可以看到家庭中許多的破碎，是如何在孩子的心中留下裂痕，並且絆住兒童與青少年往後的人生，陷入難以復原而又隨時警戒不已的困境，這會帶來長期心理層面的傷害。類似這些在剝奪與匱乏之下的生命，到現在都仍是我工作中一張張熟識的臉。攤在他們眼前的，不是美好未來的想像，而是腳下近在咫尺的深淵，墜落只要一瞬之間，這令我心疼。

本書的作者，透過樸實而深刻的筆觸，勾勒出一群常人碰觸不到、難以想像，卻又存在社會每個隱密角落中的兒童青少年樣貌，這一群人可能有無法訴說的痛，可能有麻痺而深沉的傷，因此對於身邊的人，總是抱持著深深的防衛，這是他在成長中所學到的生存手段，就算我們看得清楚，也不代表他能放得下這些防衛。

或許，在溫柔的貼近與善意的理解下，我們才有一絲絲機會開啟與孩子生命的對話，傷口才有癒合的開始。

這是一本相當適合每一位為人父母、教育工作者，以及輔導人員閱讀咀嚼的好書，透過作者細膩的鋪陳，帶著我們一步一步進入主角的內心深處，在每一個對話之間多一份共鳴，在每一個互動當中增進一些同理，也為我們仍然在現實中所困頓而受傷的孩子，帶來更多的支持與理解。

等星星發亮
的男孩

我好久沒作夢了
你看，我以前的人生
會把好人變成壞的

因此，這輩子就這麼一次
讓我得到我想要的東西吧
上帝知道，這是我第一次如此要求
上帝知道，這是我第一次如此要求

史密斯（The Smiths）〈拜託，拜託，拜託，讓我得到我想要的〉

序幕

走廊上亮著的電燈，已經說明了一切。

現在是晚上十一點，但走廊上的電燈亮著。如果他們在家，現在應該已經入睡，屋子裡所有的燈都會關上。

既然走廊上的電燈亮著，就表示他們出遠門了。如果他們只是去酒吧喝酒，現在也早該回來了，因為明天還要上班，他們不可能暢飲一整晚。

我快步走向大門，盡量隱身於黑暗中，不讓人看見我手裡拿著石頭。不知什麼原因，我抵達門口時，突然想拿鑰匙出來試試看。我已經離開這裡好幾年，我猜他們應該會更換門鎖，畢竟他們不是願意冒險的人，而且他們無意隱匿這一點。

因此，當鑰匙打開門鎖時，我非常驚訝。

我不希望敞開的前門引起別人注意，因此趕緊將手裡的石頭丟入院子，然後走進屋內，輕輕關上門。

我的身體緊貼著牆壁，並且閉起眼睛聆聽。

除了時鐘指針與冰箱馬達的聲音之外，整間屋子安靜無聲。

這實在太完美了。我脫下球鞋，沿著走廊往屋裡走。這時我看見走廊電燈的定時開關，忍不住露出笑容。

我探頭窺探廚房和餐廳，裡面的擺設都沒有改變，彷彿這間屋子裡的時間靜止了三年，直到我剛才打開大門進來後，才開始一分一秒往前走。

接著我來到客廳。當我伸手觸碰到客廳門把時，卻不自覺停下動作，宛如某個東西阻擋我繼續前進。也許是回憶，我想。這間客廳裡發生過太多事，而且沒有一件是好事。

我決定不進客廳，轉身上樓，並且在經過樓梯間的窗戶時低下頭，以免哪個沒事做的鄰居正好拉開窗簾往外頭看——即使現在夜已深。

我走到樓梯盡頭時沒有停下腳步。

我知道自己要往哪兒走。

那個地方是我回到這裡的原因。

二樓的牆壁依舊掛著珍與葛蘭特的照片，還有那些很醜的畫。他們就喜歡那種品味極差的作品。我從那面牆前走過，直接前往臥室。

我毫不遲疑的推開房門，進房之後心裡一陣激動。

雖然房間裡的模樣已經不同，但它給我的感覺依然沒變。這裡仍像是我的房間。

原本貼在牆上的海報當然已經移除了，只殘留些許膠帶的痕跡。葛蘭特就是這樣的人，做事馬馬虎虎。

房裡此刻的擺設很中性，無論床單、窗簾，甚至地毯，全都是死氣沉沉的米白色。彷彿他們從我手中收回這房間的唯一方式，就是讓它變得毫無特色，有如一張空白畫布。

但是無所謂，反正我很清楚房間本來的樣貌，只要我閉上雙眼，床邊張貼的城市隊海報就會重現，窗台邊也會再度揚起我鍾愛的音樂，房間裡將充滿我常用的山貓牌止汗劑香味。

我躺在床上，情不自禁展露笑容。我把頭埋進枕頭時，感覺到自己彷彿打開了心頭第一個死結。

慢慢的，第二個、第三個死結也陸續解開。我可以感受到壓力漸漸離我而去，就像濃霧逐漸飄散。隨著壓力消失，我終於可以不再恐懼，安心入眠。這是好幾個月以來，不，也許是好幾年以來，我頭一次能夠好好安睡。

因為我知道自己在什麼地方。

我知道自己很安全。

我知道自己回家了。

1

我早該知道，他們一發現我不見，一定會馬上報警。

不幸的是，當我被他們壓在走廊地板上時，才突然想到這一點。我就像被釘在十字架上，雙手往兩側展開，臉部朝下。

「這樣做對你們來說很好玩嗎？」我朝著他們叫囂。「你們下班後也會把自己的小孩壓在地板上嗎？」

「比利，如果你以為我們喜歡這麼做，那可就大錯特錯了。」上校厲聲回答，聲音聽起來有點緊繃。「等你冷靜下來，我們就會放開你。但是你現在情緒失控，所以我們別無選擇，只能先壓著你。這麼做是為了你好。」

這種話我已經聽太多了。過去八年，這種場面不知道發生過多少次，我根本懶得記了。可是我不打算冷靜，我只想給他們一點顏色瞧瞧。

無論用什麼方法都好。

因此我假裝放慢呼吸、鬆開肌肉。一開始他們仍緊緊抓著我，將我的手腕和腳踝壓在地板上，但是過了三十秒左右，我覺得壓在我左手腕上的力量變小了。

放開我的傢伙當然不是上校，因為上校了解我，他隨時準備與我進行第二回合的對峙。是另外一個人，一個新來的傢伙。他滿口社工人員的術語，臉上老是掛著同情的笑容。這傢伙犯了一個錯：他在試圖與我講大道理時低下頭，探進我的視線範圍。他不知道這是天大的錯誤。

當他準備開口時，我憑著本能使出一擊。那一下不算太重，因為我沒有用盡全力，但他的臉肯定很痛。

我讓他嚇了一大跳，然而上校依然鎮定。

那個菜鳥踉蹌的往後退了幾步，但是我的手立刻又被壓制到背後，迫使我再度面對地板。

「比利，你鬧夠了沒?」上校在我耳旁怒斥。

「叫那個爛人離我遠一點，我不想聽他說教！」

我被壓在背後的手，感覺更痛了。

「朗尼，你這招是不是從軍隊學來的?」我喘著氣說。「還好你以前當兵時學到一點東西，因為你是一個很爛的保護官。」

「哈，比利，謝謝誇獎。」雖然我看不到上校的臉，但我知道他現在一定滿頭大汗。「你從來不曾這樣稱讚過我。」

「去你的！」

上校沒有繼續與我浪費口舌，因為他忙著壓制我。坦白說，我也沒有力氣再出新招了。反正我剛才已經給那個菜鳥保護官一記教訓，也該心滿意足了。

於是我用額頭抵著地毯，鼻子聞著朗尼趁院童還沒起床前四處噴灑的消毒劑氣味。一個男人就算退伍，也不會忘掉在軍中受過的訓練（這是朗尼說的，不是我）。

反正我就這樣貼著地板，悔恨自己的粗心。

我早該知道，育幼院裡的保護官，只有囉囉唆唆的朗尼會確認我夜裡有沒有乖乖躺在床上睡覺。

其他的保護官根本不管這麼多。只要我們一回房間，那些保護官就會繼續他們前一晚沒結束的棋局，或者開始喝他們偷帶進育幼院裡的酒。

朗尼不做那種事。只要輪到他值班，他一定會掌握育幼院裡的大小事，一切都得照規矩來，一如他在軍中養成的習慣。

「軍隊會教你們許多事，而且所有的事都必須照規定來。」

朗尼是那種會在大家還沒吃完晚餐前就開始準備隔天早餐的人，因為提早備餐可以讓他隔天有充足的時間做其他事。是的，沒錯，他是老鳥。

他以前在軍中官拜上校，對自己要求甚高，而且大家都討厭他，包括育幼院裡其他的保護官。

然而，可悲的是，他是我生命中最足以扮演我雙親角色的人。

「比利，如果你願意冷靜，我現在就可以放開你。」朗尼喘著氣說。「但如果你還打算繼續使用暴力，我會讓你在地板上多趴一會兒。」

「現在到底是誰在使用暴力？坐在一個十四歲孩子背上的人可不是我！我哪有使用暴力？你這個爛人！」

朗尼誇張的長嘆一口氣。

「比利，我們到底還要這樣對峙多少次？老兄，我不喜歡用這種方式對你，但你也知道你被壓制的原因。理由很簡單——因為你會對其他人造成威脅，無論對別的院童、對我，或者對其他的保護官。更重要的是，你也可能危害自己的安全。你溜出去十二個小時，然後帶著一臉怒氣走進大門，我們只是問你到哪兒去了，我不認為你需要因此朝著我丟玻璃杯。我們很擔心你！」

我心裡想著：你擔心我，是因為我在你值班的時段溜出去！我在你的監視下溜出育幼院，不僅讓你在辦公室的那些傢伙面前丟臉，也讓你覺得自己在我面前抬不起頭。

這下子你顏面無光了吧！

「反正我都已經回來了，不是嗎？我已經趕在你離開之前回來了！祝你休假愉快！」

「喔，多虧了你，我現在沒辦法休假了。因為你突然失蹤，我得寫一大堆報告。我得聯絡警方、聯絡你的社工人員，還得撰寫你的約束措施。如果你沒忘記，這個星期五就要審查你的案子了，我必須設法替你找到一個永久的家，好讓你安頓下來。這不是一件容易的差事，伙伴，真的不容易。」

我原本還想反抗，但一聽見朗尼提到「審查」二字，頓時就沒了力氣。

審查。

每年我最痛恨的日子。

一屋子的陌生人，對著你扯謊。

一群只為履行工作義務而非真正關心你的傢伙，替你安排今後的人生。

審查那天就和住在育幼院的每一天沒有兩樣，充其量只是個笑話，可惜一點也不好笑。

「既然如此，你為何還浪費時間壓著我的手？你可以開始去忙你該做的事了！我想那些報告一定得花你不少時間，慢工才能出細活，一份好報告必須慢慢寫，可不能匆忙趕工。」

朗尼又嘆了一口氣，而且這口氣聽起來比之前那次還要誇張。

「比利，我已經寫過很多份關於你的約束措施報告，這份報告和其他報告沒有不同，彼德也會在報告上簽名，以確保內容無誤。」那個像大學生的菜鳥保護官馬上在一旁點點頭。「如果你想知道我在報告裡寫什麼，只要先預約時間，我就會讓你看報告。如果你想閱讀任何與你相關的資料，規定也都一樣。」

朗尼最後又扭了一下我的手，然後才鬆開我。我注意到他往後退開的速度很快，彷彿怕我會突然給他一擊。

我才懶得打他。

「朗尼，我不急著閱讀你寫的報告。」我皺著眉，搓揉我的鎖骨。「也許我會等到你將報告集結成書並出版。這個點子不錯吧？」

我丟下這句話，然後就上樓回到我那安全的房間。

有人說，房間對育幼院的孩子而言非常重要。起碼負責我的社工人員是這樣對我說的。房間就像我們的避風港，是專屬我們的空間，供我們獨享。

可惜這種說法對我而言並不適用，因為我房間的窗戶被木條封住（朗尼就愛找我麻煩），地毯也髒兮兮（我灌掉一整瓶伏特加之後的下場）。至於堆滿衣物的床墊，看起來更是悲涼，而且那些破舊的衣服已經快與棉被腐爛成一體了。

我的房間裡甚至沒有衣櫥，因為前一陣子我試圖用衣櫥擋住房門，不讓朗尼進來，結果朗尼就把我的衣櫥搬走了。

這樣的房間當然稱不上避風港，但起碼我不必與別人共享臥房。我聽說別的育幼院院童必須同房，真令人難以想像——那些流鼻涕的小屁孩哭著找媽媽的吵鬧聲，可能會讓人夜夜無法入眠。相較之下，我還寧可待在這間破牢房裡。

我用力甩上門（只為了告知朗尼我真的回房間了，沒有溜走），將一堆髒衣服踹到門前

（我只能用衣服代替門鎖），然後躺在床上，盯著那些黏在天花板上微微發光的塑膠星星。

這些星星以前在黑暗中應該很明亮，也許是哪個白痴社工貼的，但可惜這些星星現在都已經黯淡無光，失去原本照亮黑暗的功能，只能充當讓我眼睛有地方看的標的物。

我的手臂有點痠痛。坦白說，每次我被壓倒在地板上之後，全身上下都會痛。除了肌肉之外，連我的大腦、勇氣，所有的一切都跟著發疼。這種感覺很難解釋清楚，總之我會百般不舒服，彷彿整個人走樣了、歪掉了。

不過，當我回想起今天早上起床後的經歷，忍不住又開始暗自竊笑。

雖然昨天晚上大概是我這輩子最冒險的一夜，但也可能是我人生中最棒的一晚。我的睡眠向來總是斷斷續續，有時是因為我喝醉了，有時是因為雙胞胎的緣故，反正我沒有辦法一夜好眠。

然而昨晚不同。

昨晚我睡得很沉，一覺到天亮。

沒有夢境干擾，沒有輾轉反側。

只有舒舒服服的八小時睡眠。

我發誓，起床時我臉上帶著笑容，而且微笑的理由與我在哪裡醒來無關。

而是因為我終於可以好好睡一覺，不需半夜醒來胡思亂想。

可惜，早晨天一亮，一切就開始一路走下坡，但我想這也不算太令人意外。

離開珍和葛蘭特的家很容易。我先把床鋪好，然後從後門離開。我沒有在廚房做一頓豐盛的早餐，因為不想驚動他們。畢竟，假如這次做得毫無破綻，下次我再溜回來就不是難事了，對吧？

所以我沒有在他們的房子裡惡搞，而是安靜的走到後院，再從後面的小巷子散步回育幼院。

或許我應該多回想一下過往的經驗，或者從防火梯溜進育幼院裡，畢竟這又不是我第一次溜出去。

而且我早該知道朗尼這傢伙一定徹夜未眠，想盡辦法要找到我。

這就是他最大的毛病。他喜歡逼迫別人、追問別人問題，而且總認為別人的行為舉止都應以他為榜樣。他已經在育幼院工作八年，卻搞不清楚自己那一套根本行不通。

他不需要做這麼多事，他不是我們的父母，他可以下班。

育幼院的保護官都會下班。那些爛人都會下班回自己家。

我不想照著朗尼的要求去做。

我只是個在育幼院長大的孩子。

我一直待在育幼院裡，而且我覺得永遠不會有人想收養我。

2

你是否有過這種經驗：如果你一直盯著某一行字，那行字到最後就會變得很陌生？

我現在就有這種感覺。

我已經在育幼院的圖書室裡坐了半小時，眼睛盯著朗尼放在我面前的一張紙。

紙上的問題並不難，我看得懂。

上面只有三道簡單的申論題。

每次一到接受審查的日子，朗尼就會把這些問題擺在我面前。當然，隨著我年紀漸長，朗尼在用字遣詞上會多一些修飾，然而基本上每年的問題都大同小異。

「聽著，比利，這是你的審查，別忘了這一點。我很樂意幫你處理後續的各項程序，但我必須先知道你想要什麼。假如我不清楚你的想法，就無法協助你得到你想要的安排。」

這些話我已經聽過太多遍了，所以我知道如果自己不寫點什麼，朗尼絕對不可能讓我離開圖書室。他就是這樣，一個強迫大家必須聽命於他的討厭鬼。

我只好再把第一個問題重讀一遍。

一、你明年的首要目標是什麼？

我不禁皺起眉頭、咬著原子筆，因為心裡毫無頭緒。不對，應該說，我知道無論我寫什麼答案，朗尼都不可能滿意。最後我決定挑簡單的來寫。

「明年我要落實能夠順利成功的逃脫計畫。我知道挖一條足以讓我和雙胞胎通行的隧道並不容易，但如果我把這件事當成首要目標，一年的時間應該辦得到。」

我確認一遍自己所寫的答案，並且得意的點點頭。沒錯，這個答案看起來很合理。於是我繼續回答第二題。

二、你的保護官和社工人員應該如何幫助你達成這項目標？

這題非常簡單。我毫不猶豫的開始作答。

「幫我一起挖隧道。如果他們願意順便幫忙搬走隧道裡的石頭，肯定能讓我的目標加速達成。」

第三題也不需要我動用什麼腦筋。

三、你希望自己一年之後會在哪裡？

我想都不必想，就開始寫下答案。

「只要能離開這裡，什麼地方都好。」

我對自己的答案非常滿意，於是蓋上筆蓋，轉頭望向朗尼。朗尼坐在另外一張桌子前，不知道在寫些什麼。他的桌上擺滿各種文件。

「我寫完了。」我嘟囔著，還小心著避免與朗尼對上眼。

「你有沒有認真作答？」

「嗯，有史以來最認真的一次。」這個答案嚴格來說並不算是謊話。

「你現在要去哪裡？」

「到外面去。」

「去哪裡？」

「隨便走走。」

「什麼時候回來？」

「我想回來的時候就會回來。」我沒好氣的回答，但我猜朗尼沒有聽見我的答案，因為我已經快速走出大門。

我經常到育幼院外面遛達，有時候是因為我被激怒，有時候是因為我故意想要闖禍，還有些時候純粹只是為了找點事情給那些爛人保護官做。

住在育幼院裡的院童，人生差不多就是這樣。無論做什麼事，都會給那些爛人保護官添麻煩。若是要讓他們忙到暈頭轉向、增加他們的工作量，最棒的方法就是不斷製造問題。

如果我打破窗戶玻璃，保護官就得寫報告說明事件發生的緣由。如果我找保護官打架，他們就必須再寫一份報告。最棒的是，如果我從育幼院溜掉，他們當然也得寫報告。

育幼院裡有一份報告日誌，用來監督我們每分每秒的行蹤：我們在哪個地方、吃了什麼東西、吃多少分量、幾點鐘起床、幾點鐘上床，以及什麼時間走出育幼院大門。

我不懂，這些生活細節到底有什麼值得記錄？

我也不知道其他院童會不會在乎這種小事。

至於我，喜不喜歡呢？

我愛死了。

只要一有機會，我就會好好利用這個報告日誌。

平均而言，我每天至少走出育幼院大門二十次，這不包括我真正必須出門的次數。我覺得這樣惡搞很有趣。因為每次只要我一跨出門廊，那些保護官就會驚惶失措的從辦公室裡衝出來，匆忙間甚至忘了先放下他們手中的筆。

我總是故意在外面待超過十分鐘。有些資深的保護官喜歡自作聰明，認為我出去一會兒之後就馬上回來，等到我未按照他們預期的時間現身，他們就得依照程序往上呈報，別無選擇的在報告日誌上登載我任意外出的行為。

這招很聰明吧？因為只要這樣搗蛋，我就可以讓漫長又規律的日子過得快一些。

我剛剛浪費了半個小時回答朗尼那些沒有意義的問題，現在我需要到院子去放鬆一下，呼吸新鮮的空氣。

這種清閒的機會不多，因為經常有其他院童跑來煩我。

別誤會，我以前也會和他們交朋友，最起碼我們會站在同一陣線。

然而那已經是好久以前的事了。

我的意思是，和他們交朋友有什麼意義？

每個院童都有自己的人生經歷，而且可能馬上就會離開育幼院。好幾次，我只不過晚上回房間睡個覺，隔天起床時，我的朋友就不在了。這種事情不只發生過一、兩次，而是一天到晚重複。

所以我現在懶得交朋友了，也不與任何人說話，頂多只會警告他們少來惹我。

遺憾的是，有些人就是不夠機靈，所以我還得特別提醒他們。

查爾斯·溫德斯就是一個不夠機靈的傢伙。他到育幼院來已經好幾個月了，年紀只小我一歲，照理應該明白最好別隨便煩我。

「嘿，比利。」查爾斯喊我，朝我坐的地方走來。「我聽說你的審查就在這個星期。」

我不想理他，可是他一直用腳踢我的球鞋，反覆問著同樣的問題，我實在無法不理他。

「你沒聽見我說話嗎？」

「我聽見了，只是我不想和你說話。」

他想裝出受傷的表情，結果只讓自己的模樣看起來更可悲。

「你這種態度很不夠兄弟喔！我只不過想找你聊聊天。」

他竟然想和我稱兄道弟？我不禁冒出無明火。

「你聽著！」我大聲咆哮。「我不知道是誰派你來的，也不知道你寫好遺書沒有，但我先把話說清楚：我不是你的兄弟！雖然我們住在同一個屋簷下，但你對我而言，連朋友都稱不上，而且永遠都不會是我的朋友！我不想和你說話，甚至不想看到你。現在請你滾開，可以嗎？」

我看得出來，查爾斯被我嚇壞了，臉上露出尷尬的笑容。哼哼，這樣最好。

「老天，他們說的果然沒錯。」查爾斯笑了一下。「我剛來的時候，大家就告訴我你是個怪人。他們說得對，難怪你和另外兩個傢伙一出生就住進育幼院。」

查爾斯這句話真的惹到我了。他死定了。

他雖然已經在育幼院裡住了一段時間，但是他只會耍嘴皮子，沒有真本事。我不知道他打算如何與我對抗，然而他顯然不會保護自己，我往他胯下狠狠一踢，他就立刻倒在地上了。

雖然他也試圖反擊，可是他踢我膝蓋後側的腳力實在很弱，讓我不得不再給他一點顏色瞧瞧。

我用膝蓋頂住他的雙臂，整個人坐在他的腰上，壓住他的雙腿，然後一邊揍他，一邊怒罵。

「查爾斯，其他人應該提醒你，因為我是個怪人，所以你最好離我遠一點，少來煩我。你聽懂了嗎？」

我用手掌將他的鼻子往眼睛推，他雖然流下眼淚，卻沒有發出叫喊，所以我又更用力的推擠他的鼻子。

我不知道查爾斯忍了多久，也不知道我又繼續推了多久，只知道後來有人抓住我的肩膀，將我從查爾斯身上拉開。

那個時候我早已情緒失控，搞不清楚自己在做什麼。我拚命揮舞著拳頭，想與全世界為敵，激動的認為沒有人能打倒我。

除了那三個拉住我的爛人保護官。

他們八成從辦公室的窗戶看見了一切，所以才會出現得那麼迅速。其中兩個人分別拉住我的左右手，上校則環抱我的雙腿，宛如展現套繩技術的牛仔。

他們扛著我返回屋裡時，我仍不停反抗、不停扭動身體。可是他們的力氣很大，我根本無法掙脫，而且他們距離我的口水射程太遠，讓我束手無策。

我們回到育幼院大門時，我雖明白大勢已去，卻不肯善罷干休。查爾斯·溫德斯這時也已經從地上爬起來，蹣跚的走向我們，臉上擺出一種討厭鬼的表情。

我試圖讓自己冷靜下來，不斷告訴自己：反正我和查爾斯待在育幼院裡的日子還很漫長，將來有的是報仇機會，因為我們一輩子都離不開這裡。

3

我討厭上學。

但我不討厭學習，如果我選擇去上課，我會好好學習，我人又不笨。

我無法理解的是，學習的目的，不是為了找工作嗎？

我的意思是，既然是為了找工作，逗號應該標注在什麼地方、西班牙的首都是哪個城市，應該不是太重要吧？假如我在面試工作時告訴主管逗號的位置與西班牙首都的名稱，他恐怕不會錄取我，只會叫警衛把我攆走。這是事實。

我不需要別人同情，這輩子我已經得到太多同情，一次又一次。我都已經活到這個年紀，早已學到許多東西，只可惜我學到的沒辦法讓我賺錢。

就拿瑪莉的例子來說好了。

她的例子是個經典。

瑪莉在育幼院裡住了六年，從十二歲開始，一直到她滿十八歲被保護官趕出去。

瑪莉不常表露自己的情緒，沒有什麼特殊嗜好，既不抽菸也不喝酒，而且總是乖乖上學。在我的印象裡，保護官沒有處罰過她，因為我和其他院童幹過的壞事，她連一項都沒做過。

她滿十七歲那年，保護官就開始準備她離開育幼院的相關事宜，例如讓她擁有個人用品，以及替她物色將來的住處……等等。

「真想讓你看看那間公寓。」瑪莉興高采烈的對我說。「在老城那邊，全新裝修過的。雖然是國宅，但是很乾淨。」

有人說，這就是所謂的生存本能，也是瑪莉獨立之後不可或缺的能力。雖然她在育幼院裡住了六年，可是這種生存本能還是要靠自己培養。在瑪莉十八歲生日當天，她帶著行李離開了育幼院。一開始似乎很順利，公寓很棒，她也和社工人員保持聯繫，似乎具備了所謂的生活本能。

然而她找不到工作。起初瑪莉將標準訂得很高，希望找到城裡的辦公室低階職務。她覺得面試過程很順利，因為她回答了每一個問題，認為自己一定會錄取。

可是她沒有被錄取，面試官將她淘汰了。其他工作的面試官也沒錄取瑪莉。於是她開始逛街、看電影、釣蝦、上夜店，雖然這些活動都沒什麼，似乎對她影響不大。

可是在她還來不及搞清楚一切之前，帳單陸續來了，而且愈積愈多。空有生存本能，仍舊無法支付帳單。

她以前乖乖聽講的學校課程，也無法幫助她支付帳單。

因此，瑪莉和育幼院其他院童一樣，最後走上了歧途。

她開始替住在她家附近的毒販運毒。

「我不傻，我知道自己在做什麼。」瑪莉對我說。「反正我只是幫幫朋友的忙，如此而已。」

我才不相信瑪莉這套說詞。她和我一樣，不可能抗拒那些小袋子裡的東西。

不過，她開始運毒之後，生活確實好轉了一些。上次我去找她，發現她家簡直就快被帳單塞滿了，差點連門都打不開。

「比利，千萬不能軟弱。」當我問瑪莉如何克制吸毒的渴望時，她這樣回答我。「而且我對毒品沒興趣。雖然我媽受不了誘惑，可是我和她不同。」

坦白說，那是我最後一次和瑪莉說話。我為了躲避上校而去找她的欲望，後來不知怎麼就消失了。但那個時間點正好，因為過了幾個月，我聽說她買了電視機和立體音響之類的好東西，相形之下，我的房間就更寒酸了。

不過我也聽說，她的美好人生不久就走下坡了。

她開始偷拿自己負責運送的毒品。毒販發現後，決定狠狠教訓她。

不是金錢方面的教訓，而是身體方面的教訓。不光是那個毒販自己動手，他手下的那些小混混也加入了。

我應該不必清楚說出瑪莉有什麼遭遇吧？總之，日前有人看見瑪莉，她站在工業區某家電影院後面，兩眼無神，手臂上都是針孔。

去他媽的。如果乖乖上課的下場就是如此，去他媽的學校！

但，就算我不去上學，待在育幼院裡也不見得比較好過，因為朗尼會提醒那些爛人保護官注意我的一舉一動。

每天早上，他們會在廚房為我擺上一張書桌，以及我前一天拒讀的課本。課本旁邊會擺著同樣的鉛筆，筆尖也一樣鈍。我很想問問他們，是不是刻意不把鉛筆削尖？

我的意思是，我又不是野蠻人，假如我想動粗，我會用我的拳頭，不需要削尖的鉛筆。

我總是先乖乖坐在書桌前，以免他們太失望，接著就開始在椅子上晃動雙腿、用牙齒咬鉛筆，並且故意讓水壺發出碰撞聲，誘使他們來阻止我。等到他們開始生氣，我就把書桌翻倒，或者撕破課本、折斷鉛筆，反正我想做什麼就做什麼，好讓他們明白逼我坐下來讀書是不可能的事。

留在育幼院裡不去上學的另一個缺點，就是一整天無聊透頂。因為其他院童都到學校去了，他們九個人都會去上課。

包括雙胞胎。

是我要求他們去的，這是命令。因為我們隨時可能離開這裡、被送到其他育幼院，或者被拆散。上學對雙胞胎比較有利，能讓他們受人重視。做人眼光一定要放得夠遠。

因此，等到早上九點半左右，當保護官把書桌收起來之後，在其他院童放學回來之前，我還有六個小時獨處的時間。這可不算太短。

尤其上校還鎖上電視房的房門，不讓我進去。

「比利，如果你想看電視，必須努力爭取這樣的權利。」上校老是這麼說。他說的話總是不變，而且總是以同樣的方式壓制我——將我的手臂拉到背後。不過，看電視也不見得有趣，我看一會兒就覺得無聊了。

因此我大部分的時間都窩在自己房間裡，看著天花板上的塑膠星星，心裡想著應該如何讓它們再次發光，或者想著如何打倒上校。

我發誓，每次只要一到下午三點鐘，我就會覺得時間變慢了，彷彿時間流動的速度緩了一半，以便故意懲罰我。

我老是迫不及待想跑出大門，迎接雙胞胎回來，但上校不准我這麼做。

「比利，到外面去是一種特權。如果你肯回學校上課，或者在育幼院裡自修，或許我們可以討論一下讓你出去的可能性。但如果你做不到，在他們上課的這段時間裡，我不許你走出育幼院大門一步。」

媽的，我真想扁上校一頓。

但是我只能想辦法發明一些新方法來整他，並且虛耗時間，等待雙胞胎放學回來。

雙胞胎今年就要滿十歲了，一想到他們的人生，我就感到無比心痛。他們不知道「家」是什麼，只知道軍事化管理的育幼院。

只有我能讓他們依靠，這一點讓我最為擔心。

當其他院童打開大門跑進育幼院時，整棟房子幾乎搖晃起來，宛如遭到颶風侵襲。我也像平常一樣，準備迎接即將朝我胸口衝撞而來的力量。

「比比比利利利！」莉絲在我左耳邊大喊，路易則以同樣宏亮的聲音在我右耳旁鬼叫。我先粗略檢查他們是否一切無恙，然後才露出笑容問：「你們今天在學校過得如何？」

「還好，」他們不耐煩的回答。「和平常一樣。」

「有沒有人欺負你們？」

「今天沒有。」路易笑著說。「呃，除了朗尼在我走出校門的時候不准我拿下領帶。我叫他滾一邊去。」

「喂！喂！由我來罵朗尼就好，你應該要乖乖聽話，照他的意思去做，知道嗎？」

「好啦！」

「這樣才對。好了，你們兩個都上樓去，先換衣服。喝下午茶之前，我們先找點事情來做做。」

雙胞胎蹦蹦跳跳的往樓上跑，我發現朗尼站在我身後的大門旁。

「你和他們在一起的時候真的很不一樣。」朗尼臉上掛著微笑。

「不然呢？」我一面回答，一面把雙胞胎的外套掛到衣架上。每個衣架上方都有一個用黑色簽字筆所寫的名字，一共十個衣架。標準的育幼院風格，對吧？

「我只是好奇，你對他們兩人的態度，為什麼與你對這裡其他人的態度差那麼多？」朗尼語氣中帶點驚訝。「感覺根本不像你。」

「因為我心甘情願與他們一起生活，但是對於其他人，我只是迫不得已。你說，我有選擇嗎？」

我心裡暗忖：除此之外，你又不住在這裡，你們這些爛人保護官都不住這裡，你們只是領薪水在這裡工作罷了！然而我忍住沒說，轉身跟著雙胞胎上樓。我不想再和他起衝突。

「你們今晚要和我們一起吃晚飯嗎？我可能會留下來與大家一起吃飯之後才回……」朗尼說著說著就趕緊打住，沒有讓「家」那個字溜出口。

但是我知道他原本想說什麼，所以故意不理他。

這天和其他日子大同小異，反正一切照那些爛人保護官訂定的規矩來，好讓他們的工作輕鬆一點，並且不耽誤他們的下班時間，畢竟他們還得趕去酒吧喝酒。

然而他們的規矩與我和雙胞胎無關。

其他院童可以乖乖遵守規定，我和雙胞胎才不管那麼多。因此，當別的孩子跑進餐廳等吃晚餐時，我和雙胞胎就到食物儲藏室去挑選自己想煮的食材。

別的院童現在已經不會針對這點表示意見，只有那些每隔幾週來報到的菜鳥保護官才會提出質疑，其他人早就習慣了。

我和雙胞胎會照料自己，不需要照著朗尼事先訂定的規矩走。

「你們弄亂的東西要整理好。」他站在廚房門邊說。

我看得出來，朗尼對於我和雙胞胎自理餐點還是心有疑慮，即使他已經盡量隱藏自己的情緒。不過，我這麼做的用意並不是為了挑釁朗尼的權威，只是想嘗試一點正常人的生活。或者說，嘗試我認為的正常人生活。

晚餐時間結束後，其他院童在上床時間前都會跑去看電視。叫大家上床睡覺的這段時間，對保護官而言壓力最為沉重，對育幼院的院童來說也不見得愉快。雖然我們已經在這裡住了這麼久，我仍看得出雙胞胎不喜歡就寢前的這段時間。

「比利，你今晚會讀故事書給我們聽嗎？」莉絲問。

「等你們洗完澡，我就讀給你們聽。」我回答，並等著她丟出下一個問題。

「我洗澡的時候，你會在浴室外面陪我嗎？」

「如果妳希望我陪妳，我可以在浴室外面等妳。」

「每次我洗澡的時候，都會有人故意想闖進來。我不喜歡那種感覺。」

「我知道妳不喜歡那種感覺。莉絲，妳不必擔心，只要有人敢靠近浴室，就會被我海扁一頓。妳可以放心。」

我的保證似乎讓莉絲安心許多。

每當夜晚的就寢時間來臨，莉絲也有同樣的焦慮。這點並不奇怪，畢竟每天晚上催促育幼院院童上床的人都是保護官，而那些爛人對我們而言只是陌生人，不是父母。

所以我每天晚上都會負責哄雙胞胎上床。

除非由我替他們蓋好被子，否則他們是不肯睡覺的。

我住在珍和葛蘭特家的那段時間，不知道雙胞胎的日子是怎麼過的。

當時我自己的生活是一團亂。

那時，只要一到睡覺時間，我就會坐在華麗的新臥室裡發呆，努力想出當天是由哪個爛人保護官值班。就算值班的是比較好的保護官，我仍巴不得飛奔回去育幼院，大聲告訴雙胞胎：我馬上就回來了，你們不要害怕。

然而我並沒有真正跑回去過。好吧，一開始我曾試圖跑回去幾次，但是那些爛人保護官根本不讓我走進大門，而且只要我一動粗，他們就馬上打電話報警，警察會把我拖回珍和葛蘭特的家。珍和葛蘭特特別喜歡看到這種場面。

那段日子，我只能在擔心一整天之後，利用晚上時間打電話給雙胞胎，問問他們是由哪個陌生人替他們蓋被、有沒有依照正確程序讀床邊故事給他們聽、有沒有用棉被包住他們可能受凍的雙腳、有沒有坐在房間門口等到他們完全熟睡之後才離開。

那段時間真的讓我十分痛苦。

現在回想起來也一樣。

因此，現在無論發生什麼事，每天只要到了晚上就寢時間，我一定會陪伴著雙胞胎。

我會坐在房間門口，聆聽他們熟睡的呼吸聲。如果不這麼做，我胸中的死結就會變得很緊，緊到讓我喘不過氣。

夜深人靜時，走廊上經常傳來別的院童哭喊要找媽媽的夢囈。我早已習慣這種宛如活在地獄中的日常。

又是另一個夜晚。我躺在房間裡，看著天花板上的塑膠星星，心裡盤算著該如何逃離育幼院。我很想放聲大叫，因為我快要想不出辦法了。

4

我雙腿一蹬，想將椅子往後退時，椅子發出嘎嘎聲響，讓我不得不抬起頭，看著房間裡的其他人。沒想到這麼多人出席。事實上，在我比利・芬恩這段顯赫又專業的育幼院生涯中，從來沒看過這麼多保護官齊聚一堂。

上校當然也在這裡。他的皮鞋擦得閃閃發亮，襯衫也熨燙得又直又挺，只差沒把他所有的勳章全掛在胸前供大家鑑賞。

出席者當中還有育幼院的長官東尼。我不知道他如何將自己的肥屁股塞進那張椅子，恐怕是靠特殊的工具。我想像著那種畫面，忍不住在心裡竊笑。

旁邊還有彤恩，我這個月的社工人員。她人還不錯：親切、體貼，很會照顧人，社工人員該有的特質她都具備。然而她還年輕，將來她也會改變——如果她不改變，大概六個月之內就會精神崩潰。相信我，她不是第一個。

我不認識另外一個社工人員，因此當然也無法信任他。他看起來就像典型的社工人員，身穿燈芯絨西裝，戴著眼鏡。他和彤恩一樣，看起來毫無懼色，彷彿心情平靜且篤定，知道自己該做什麼。這一點讓我有點緊張。

他看了我一眼，並對我投以笑容，然後又對著彤恩點點頭，示意要她開始進行會議。

「好，我們是不是可以開始了？」彤恩溫柔的宣布，聽起來比較像是在主持賓果遊戲，而非生死擂台。我猜這大概是她頭一次參加審查會議。

「比利，讓我為你介紹一下。你已經認識我和朗尼，呃，還有東尼。」她低頭看著筆記，似乎有點緊張。「這一位是克里斯多夫，他是本市兒童保育服務的負責人。基於你的年齡，呃，還有我們在安頓你的過程中所遭遇的困難，我們認為請克里斯多夫參與今天的會議，能為你提供極大的幫助。」

「很高興認識你，比利。我已經詳細閱讀過你的檔案。」

你當然讀過了，我心裡想著。既然你都讀過了，怎麼還不快點替我和雙胞胎蓋間房子，讓我們搬出去住？

「可是，我認為如果你告訴我你的背景，對我而言會更有幫助，因為我目前只能從這些資料來認識你。」克里斯多夫說，並且指著一疊文件。

我沒有說話。

如果他以為我會告訴他我的人生故事，他可就大錯特錯了。

不過，如果我的沉默會讓他不悅，他可一點也沒有表現出來，只是靜靜的坐著看我，眼睛眨都沒眨一下。

我感覺得出來，其他人開始焦躁不安。東尼拿原子筆輕敲自己的牙齒，彤恩漫無目的的翻閱她的筆記，彷彿這麼做會有任何幫助。如果她想找出克里斯多夫尋求的答案，肯定無法從檔案資料中找到。

我的沉默對朗尼而言太過沉重，他的汗水已經滴到嘴唇邊，雙腿也不停的在桌邊抖動，導致桌面上的茶杯微微顫抖。

「比利已經和我們一起生活了八年。」朗尼突然大聲表示。「當時他剛過完六歲生日，雙胞胎也跟著他一起搬進來。比利原本的家庭有點問題，他母親和母親的男友尚恩都有酒癮及毒癮，不僅沒有好好照顧三個孩子，甚至動手打他們。尚恩是雙胞胎的父親，但不是比利的生父。」

我一聽見尚恩的名字，頓時怒火中燒，可是我做了一次深呼吸，硬把那股怒氣壓下去。

保持冷靜。保持冷靜。

「嗯。」克里斯多夫以戲劇化的方式動動下巴，並且「哼」了一聲。他沒想到有人不需要閱讀資料，就可以把我的祕密全說出來。「你對育幼院的一切肯定瞭若指掌。」

我臉上勉強撐起一絲假笑。

老兄，你絕對無法了解我的一切，可是我也不打算告訴你。

「告訴我，比利。」克里斯多夫將身子往前傾。「你對於住進育幼院有什麼感覺？我是說，這種轉變對你們三人有什麼影響？我尤其想知道你的感受，因為雙胞胎對於你們原本的家應該沒有什麼印象。」

「育幼院就像迪士尼樂園一樣好玩。」我喃喃的說。

「你說什麼？」他問，身子更加往前傾靠。

「我說，」我將雙手拱在嘴邊，假裝是擴音器。「育幼院就像迪士尼樂園一樣好玩，到處都看得到米老鼠。」

我看得出來，坐在我身旁的朗尼整個人都僵住了。這下好極了。

可是克里斯多夫依舊一臉輕鬆，看起來不慌不亂。事實上，他甚至露出一抹同情的笑容。

「不對。我能想像你在育幼院裡一定吃了很多苦，因為你待了那麼久的時間。」克里斯多夫翻翻我的檔案。「不過，我還發現一件事：你曾經被安頓在寄養家庭一段時間。」他再次將身子往前傾，等待我的回答。

可惡！剛才提起尚恩，現在又扯到這件事。

我不喜歡事情變成這樣，因此不自覺的低下頭。但是我馬上發現這是錯誤的舉動，因為克里斯多夫明白他擊中了我的弱點。如果他和其他爛人保護官一樣，他會就此緊咬不放。

我決定繼續沉默以對，專心看著桌上微微晃動的咖啡杯。但後來我發現並不是朗尼的腿導致桌面晃動，而是我自己的腿。真不敢相信自己竟然這麼孬種。

「你到底想怎麼樣？我不明白你想從我身上得到什麼。」

「比利，我只是想了解你。如果我不了解你、不清楚你過去那幾年發生什麼事，我們如何為你找出未來最有利的道路？」

又是社工人員經常掛在嘴邊的老套說法。我知道他接下來還會說很多廢話，但只要他繼續說下去，我就立刻走人。

克里斯多夫將視線轉向我的檔案資料時，我知道他要開始了。

「我知道你有六個月的時間待在寄養家庭。比利，那是多久之前的事？」

「三年前。」朗尼忍不住插嘴進來。

看見有人和我一樣焦躁不安，讓我稍微鬆了口氣，雖然我和朗尼緊張的理由並不相同。朗尼等著要壓制我，因為他知道這個房間裡只有他能壓制我，阻止我撕爛克里斯多夫的喉嚨。

「這很不容易，比利。你懂我的意思，我是指替十一歲的孩子找到寄養家庭。願意收養孩子的人，或者說，像……」克里斯多夫停頓了一會兒，將視線移回我的檔案。

「珍和葛蘭特。」我小聲的說。*我幹麼要幫他接話？*

「謝謝你。對，史考特夫婦。我從你的檔案中得知，他們不僅提供一個寄養的好環境，甚至願意正式領養你。我真的不得不說，這種情況確實很少見。比利，你自己應該也很清楚吧？」

我聳聳肩，裝出什麼都不知情的模樣。

「告訴我，發生了什麼事？我必須知道，你得到這種其他院童夢寐以求的機會，為什麼要搞砸它？你是怎麼搞砸的？」

克里斯多夫說話時，我覺得我的胃快要打結了。他竟然敢探問我隱藏在心裡的事、沒有人敢觸碰的事。我感覺自己的怒火開始熊熊燃燒，就快要無法壓抑了。

「你怎麼會問我？你不覺得自己問錯人了嗎？你應該去問珍和葛蘭特他們。是他們把我送回育幼院，又不是我自己跑回去的。是他們不要我。」

「比利，請你了解自己在這件事所扮演的角色。他們想要領養你，希望你成為他們的兒子，而且不光只領養你一年，也不是領養你到年滿十八歲，而是一輩子都成為他們的兒子。但是你惡意搗蛋，你打破窗戶、離家出走。你很清楚自己還做了很多不好的事情，所以我就不再贅述了。我現在提起這些過去，不是為了刺激你，而是想幫助你繼續你的人生。」

我的憤怒已經湧至喉頭，因此沒辦法說話。克里斯多夫實在太過分，他自己也很清楚。這時彤恩趕緊插進來打圓場。

「比利，我們大家擔心的是，你將來還會一再重複這些惡行——破壞、逃家、蹺課。你與史考特夫婦同住期間的尾聲，突然做出許多奇怪的壞事。今天在場的每個人都不希望你再犯同樣的錯。」

「比利，你知道過去兩個月以來，我們必須管束你的行為多少次？」東尼也開口了。「十四次。光是過去這兩天就多達三次！你已經不是八歲大的小孩，你就快要滿十五歲了！你知不知道大家為了安頓你，日復一日得花多少心力？」

「那就不要管我！」我回嗆。「他們何必每次大費周章把我壓倒在地？為什麼不乾脆讓我自生自滅？」

「別這樣，比利，這是不可能的。但是你的行為完全難以預料，我們不知道你接下來又會因為什麼事情胡鬧。」朗尼說話的表情那麼真誠，差點連我也騙過了。

「比利，東尼剛才的意思，如果換句話說，就是你現在來到一個十字路口。」克里斯多夫插話進來。「你現在的行為模式不能再繼續下去，包括你對朗尼、對其他保護官、對育幼院裡其他的孩子，還有對你自己。」

「我們已經無法容忍你這樣繼續下去，比利。因為一味包容你，對你根本沒有幫助。」我身體裡的那團死結變成一個拳頭，開始猛擊我的胃。我不敢相信自己又得再次面對這種處境。

「你們打算把我送到哪裡去？」我問。

「我們沒有要送你走，比利，起碼現在不會。我們只想再給你最後一次機會，讓你改變自己、革除惡習、重返校園。你知道這些都對你有好處。」

「如果我不肯呢？」

「那我們就得找其他地方安置你。有一些不錯的治療機構可以提供你需要的幫助，找出導致你行為偏差的原因。」

「你是指精神病院？」

「不，比利，我們不打算把你送到精神病院，你不要胡思亂想。我們只想讓你安全無虞，幫助你釐清自己的困擾。那些機構會提供一對一的照護服務，並且讓你接受心理諮商輔導。住在那裡的孩子人數較少，對你而言也可以少一些干擾。」

「雙胞胎怎麼辦？我不覺得這種解決方案對他們有任何幫助。他們不需要輔導，他們才只有九歲。」

克里斯多夫搖搖頭。「不，比利，讓我把話說清楚。我們只會安置你一個人，與雙胞胎無關。」

太過分了！真的太過分了！在我還來不及意識到自己的行為之前，我已經從座位上站了起來。

「等一等！你不可以拆散我們！雙胞胎需要我，真的！我是他們的一切。」

「你這麼重視雙胞胎，讓我很感動。但是你有沒有仔細考量過雙胞胎的想法？他們看你一天到晚亂發脾氣，會有什麼樣的感受？」

「他們知道我生氣的原因，他們知道朗尼一天到晚想控制我。拜託，朗尼也想操控他們。」

「很抱歉，你說的話並不正確。朗尼是為了他們好，正如他所做的一切都是為了你好。坦白說，你必須試著了解，你才是唯一一個對雙胞胎有不良影響的人，而且還可能危害他們的安全。」

聽見克里斯多夫的這句話，讓我終於忍不住爆發。我再也無法自制，一口氣跳到桌上，原本放在桌面上的咖啡杯盤全被我碰撞到地上。

可是我沒有觸碰到克里斯多夫，因為朗尼和東尼馬上從他們的座位上躍起，一人抓住我一隻腳，將我壓制在桌上。我想這就是東尼參加這場會議的功能——他一身渾厚的肌肉，就是要用來壓制我的。

我抬起頭時，瞥見克里斯多夫頭一次露出害怕的表情。這下子他終於看見我的真面目，知道我不是好惹的！我可是有真本事的！

從他的眼中，我看得出他心裡在想什麼。

難怪史考特夫婦放棄了你。難怪史考特夫婦把你送回育幼院。

因為我也是這樣認為的。

5

我向來不善於應付壓力，審查過後的幾個星期亦然，尤其校方表示要我至少再等一個月才能回去上課，因為他們顯然需要一點時間安排我的「返校計畫」。但是我知道，那些都只是推託之詞。

他們根本不希望我回去上學。要不然就是老師們希望接受額外訓練，或者要求多一點薪水才肯教我。

無論背後的理由是什麼，對我而言都毫無幫助。

我現在根本束手無策。我知道自己必須裝出順從的姿態，畢竟與三十個孩子一起坐在教室裡，好過獨自坐在廚房裡面對目光如獵鷹般銳利的上校。坦白說，和上校一對一上課，每分每秒都讓我心驚膽戰，害我根本沒有心思去管課本上寫些什麼。我現在反而想念學校老師的教學方式，起碼他們不會把我當成三歲小孩，一字一句解釋給我聽。

因此我只能盡量配合上校，假裝專心上課，並且利用有限的時間透過電腦下載資料。

上課很無聊，還好上校對我的要求不高，就算我成績爛也不操心。我甚至懷疑他到底在不在乎我的成績。反正只要我安安靜靜不胡鬧，他不需要花費力氣把我壓倒在地，大概就會給我一點自由的空間。

我只希望他不要去煩雙胞胎。

現在我白天都乖乖上課，所以上校別無選擇，只好答應讓我和他一起到學校去接雙胞胎放學。上校真的很惹人厭。

每次一到放學的時候，雙胞胎就會像其他孩子一樣，開開心心衝到校門，但是上校會立刻潑他們冷水——如果他們沒有戴好領帶，就會遭到上校責罵；如果他們把制服的下襬拉到褲子外面，他們就死定了。上校這個傢伙根本有病。

但是我又能如何？我只能在一旁忍氣吞聲。

我看得出來，上校喜歡折磨我。他知道他的一言一行都會惹毛我，而且我不敢爆發，只好假裝視而不見，因為我並不想讓他稱心如意。

我現在還不打算爆發。

我把所有的精力都投注在雙胞胎身上。他們不清楚發生了什麼事，當然我也不會告訴他們，因為他們之前已經有過可怕的體驗。當初我搬到珍和葛蘭特家住的時候，我看得出來他們非常傷心，因此我不可能讓他們再受一次苦。

那段時間，他們經常在晚上入睡前打電話給我。雖然他們都沒有在電話那頭哭泣，但是我聽得出來他們很害怕，也知道掛上電話之後，他們會孤單單的在房間裡掉眼淚。一想到那個畫面，我就心如刀割，充滿罪惡感，彷彿是我遺棄了他們，一如安妮遺棄了我們。

不行，什麼事都不能改變，包括讓他們與安妮碰面。從我有記憶以來，星期六下午一直是會客時間。每到這個時候，雙胞胎總是興高采烈的在圍牆邊跳來跳去。

「比利，你覺得媽媽會帶我們去哪裡？」路易問我。

「去看電影啊。她上個禮拜答應過我們的。」莉絲毫不遲疑的搶著回答，但是我不忍心糾正她。安妮上次列了幾個地點，說要帶雙胞胎出去走走，然而她選的都是便宜的地方，其中並不包含電影院。

但至少她現在願意出現了。之前曾有一段時間，她連續好幾個月沒露臉，也不曾表示任何歉意。倘若她哪一年記得我們的生日，只能說是我們運氣好。後來我經常模仿她的筆跡寫生日卡片給雙胞胎，還好他們沒發現真相。

「比利，你今天為什麼不和我們一起去？」路易問。「媽媽不會介意的，她喜歡帶我們三個一起出去。」

我的心一沉。就像平常一樣。雙胞胎一點也不明白，但他們何需明白？我怎麼能夠告訴我的弟弟妹妹，我們的媽媽根本不想要我，她只喜歡他們。

「路易，你們一個星期只能見安妮兩個小時，應該不需要我在旁邊陪你們吧？再說，我不喜歡電影院。你們去就好，玩得開心一點！我會在這裡等你們回來。」

路易一如往常，聳聳肩沒有多說什麼，然後又繼續興奮的用腳踢牆。

這次安妮準時出現，而且她的模樣看起來聰明多了，也許是因為她穿的新衣服不是舊貨攤上買的。她甚至試著找話題與我們聊天。

「呃，比利，最近如何？我聽說你準備回學校念書了。這真是個好消息。」

看在雙胞胎的分上，我勉強擠出一絲笑容。「對，再過幾個星期。回學校念書也沒什麼。」

「回學校念書很重要。你要參加一些考試，別犯下和我一樣的錯。」

我強壓下心裡的厭惡感。**犯下和妳一樣的錯？為了喝酒連自己的孩子都不顧嗎？**坦白說，我對喝酒沒有那麼大的興趣。

「媽媽，我們今天要去哪裡？」莉絲大聲的問。她已經開心得暈頭轉向。

「寶貝，妳不記得了嗎？」安妮笑著說。因為長年抽菸，她的聲音啞啞的。

「去看電影！」雙胞胎齊聲大喊。

「沒錯，我答應過你們的。我一整個星期都期待著今天到來。」

這個時候朗尼突然出現在大門邊。他拉拉西裝外套，然後向安妮打招呼，並且拍拍雙胞胎的頭。我往後退了一步，擔心他也會虛情假意的對我示好。

「好了，孩子們，準備好了嗎？」朗尼以宏亮的聲音說，大步走向停車場。

路易遲疑了一會兒，臉上的表情看起來相當不捨，並給了我一個大大的擁抱。

「小子，晚一點見嘍！」我勉強露出笑容。「祝你們玩得愉快，記得要留一點糖果給我吃！」

「才不要！你太胖了！」他笑著跑開，留下心裡有個破洞的我。

莉絲早就已經往車子那頭跑去，並且開心的拉著安妮的手轉圈圈。

「他媽的！」我輕輕罵了一聲。

望著他們四人遠去的背影，我覺得他們比我還像一家人。

我不喜歡這種感覺。安妮似乎已經改頭換面，努力裝出好媽媽的模樣。這不是一件好事。一點都不好。

雙胞胎回來之後，還一直處於極度亢奮的狀態，不僅遲遲不肯上床睡覺，還差點把天花板給掀了。他們滿腦子都還想著電影與爆米花。就連朗尼臉上也帶著笑容，我從來沒看過他週末值班還這麼開心。

「比利，你沒看見那些電影特效好可惜。」路易激動的表示。「真的好酷喔！媽媽還以為那些爆炸場面都是真的！雖然看起來很像真的，但我知道那些只是電腦特效。」

「你應該看看路易吃下了多大一包糖果。」莉絲誇張的說。

「我想像得到。」我說，並且第五次試著快點說完床邊故事。

「媽媽說我們下個星期還可以再去看電影。比利，你下個星期也要和我們一起去，對不對？我告訴媽媽你會一起去看電影。」

「再說吧。」我笑著回答，一邊用棉被包住他們的腳。「該睡覺了，明天早上見。」

我走到門邊時故意停下腳步，等待他們每天晚上必定提出的要求：「比利，你可不可以坐在門邊，等我們睡著再離開？」

但是今天晚上他們沒有這麼要求，反而只顧著討論他們今天觀賞的電影情節、做了哪些有趣的事，以及安妮在前往電影院途中買了什麼東西給他們。

面對他們這種反應，當然無法改善我從下午開始冒出來的壞心情。

一時之間，我不知道自己應該做些什麼，只好和平常一樣盯著天花板，將黏貼在天花板上的塑膠星星從右邊數到左邊，從靠近房門的星星數到天花板另一側的星星。不多不少，總共七十三顆。

我很想喝點酒。要不是因為審查時他們對我下達最後通牒，我一定會跑去辦公室偷拿幾罐。

我不太挑酒，啤酒雖然不錯，但是烈一點的伏特加更好，而且喝了伏特加之後，那些爛人保護官比較聞不出來。

我唯一不喝的酒就是威士忌。

因為威士忌會讓我想到尚恩。

威士忌是尚恩的變身藥，他只要一喝威士忌就會變成惡魔，然後開始找我麻煩，因此我現在只要一聞到威士忌的味道就感到害怕。

說了這麼多，總之我這天下午沒喝酒。

我沒喝酒是為了雙胞胎，我害怕被逮到之後的下場，害怕雙胞胎會被我連累。

我為雙胞胎犧牲這麼多，但他們現在只顧著討論與安妮有關的話題，讓我不太高興，可是我不能表現出來。安妮以前讓雙胞胎失望，最近雖然沒有，然而不久後她一定會故態復萌。

我坐在門邊，靜靜聽著雙胞胎聊天。

他們大概聊了一個小時才睡著。說真的，我不確定他們知不知道我就坐在門邊，但我希望他們知道。

等雙胞胎睡著之後，我才躡手躡腳離開門邊，輕輕關上他們的房門。

星期六晚上，育幼院裡非常安靜，這對保護官而言是好事。現在是交接時段，朗尼待會兒就要回他真正的家，陪伴他完美的妻子與兩個可愛的兒子，把我們這些育幼院的孩子丟給其他人。

我偷偷溜下樓，希望在朗尼離開前躲進電視房。他在圖書室裡，與夜班工作人員交接。

當我踮著腳尖經過圖書室門外時，突然聽見朗尼提到安妮的名字。如果他提到的是別人，我一點也不在意，可是我的偏執症又發作了。

「對，我這次還是非常驚訝。」朗尼說。「我認識她很久了，她以前最糟糕的模樣我都見過。最初開始的幾年，她甚至不來看小孩。但我覺得她現在已經改頭換面了。」

「可是，她能維持多久？」一個語帶懷疑的人說。是馬爾力——其中一位夜班保護官。我喜歡他，因為他不會一天到晚追蹤我在什麼地方。「這種家長我們見多了。」

「馬爾力，我覺得這次不一樣。」朗尼表示。「我知道安妮以前不太可靠，然而過去這一年來，她的表現相當穩定，一如她之前的承諾。」

「她希望和雙胞胎多點機會相處，對不對？」

這句話讓我忍不住貼近門邊。

「從下個月開始，我會讓他們每星期見兩次面。事情如果發展順利的話，他們不受監督的見面次數也會隨之增加。這些都是上次審查時的決定。」

是嗎？為什麼我現在才知道這件事？

我可以想像朗尼現在一定面帶笑容。

雙胞胎根本不必理會安妮的承諾，反正她說的話都是屁話。這些爛人保護官應該快點幫我們三個人找到合適的寄養家庭才對，不然就是讓我們轉換到院童人數少一點的育幼院，何必浪費時間在安妮身上？

「安妮這次表現得非常堅定，我猜她可能已經甩掉之前那些爛男人了。話說回來，尚恩那傢伙這幾年也都沒有出現。安妮的新工作好像不錯，她已經做了一年，這種穩定的工作態度和她之前完全不同。」

「她現在才覺悟，未免太晚了吧？」馬爾力不屑的表示。

他顯然也不相信安妮。好傢伙。

「芬恩兄妹在這裡已經住了八年，她現在才想接雙胞胎回去住，到底是不是認真的？」

我覺得自己快要腦充血了。血液衝進腦門會不會影響聽力？

我希望自己聽錯了。

「我同意，這確實不太尋常。馬爾力，但這未嘗不是好事？雙胞胎明年就要滿十歲了，這麼大的孩子已經很難找到寄養家庭，更何況他們有兩個人。你看看，比利當初也只去了六個月就被送回來。」

馬爾力嘆了一口氣。「我很擔心比利。我知道這孩子很難管教，但雙胞胎是唯一能讓他勉強遵守紀律的動力。如果安妮接走了雙胞胎，比利一定會情緒失控，除非要安妮把三個孩子全部接回去。」

「這有點困難。」朗尼毫不遲疑的接話。「當初史考特夫婦想收養比利時，安妮已經簽了出養同意書，基本上我們沒有辦法撤銷她的出養同意。再說，要她一次帶回三個孩子，恐怕也無能為力。我覺得我們應該把全部精力放在雙胞胎身上，幫助他們順利安頓下來。現在操心比利已經太晚了。」

我不敢相信自己聽見的一切，恨不得立刻扭下朗尼的頭。沒想到他們已經計畫了好幾個月，打算從我身邊搶走雙胞胎，讓雙胞胎回去和安妮一起住。要不是我費了好大的力氣克制自己，恐怕早已破門而入，找朗尼單挑。

我必須冷靜思考！我得釐清自己的思緒，不然恐怕就得找個人來出氣。可惜我知道這兩種選擇都行不通，對我和對雙胞胎都沒有幫助。於是我跑出育幼院大門，朝著黑夜奔去。

6

我真希望自己能告訴你，在街上閒晃之後，我的心情就好多了。可惜事與願違，因為我一直想不透自己聽見的一切。沒想到上校背著我偷偷計畫這些事。

我不僅生上校的氣，也生自己的氣。為什麼我沒有早一點發現？他們在審查會議所說的全是屁話！他們明明說過要再給我一次機會！只要我為了雙胞胎而改變個性，我們三個就不會分開。全是屁話！該死的屁話！

平常我發脾氣的時候，只要晚上溜出來走走就沒事了。

因為夜晚時分路上沒人，可以讓我盡情發洩情緒。

別誤會，我不是那種會拿噴漆在公車或牆壁上塗鴉的死小孩，我沒有藝術天分，也不想留下任何蛛絲馬跡，讓育幼院的那些爛人保護官知道我的行蹤。

我不會那樣做。然而興致來的時候，我會查看路邊有沒有哪個車主把鑰匙遺忘在車子裡，或者哪戶人家的窗戶忘了關上。偷東西雖然沒有藝術感可言，但能夠讓我覺得舒服一點，開心幾分鐘，萌生一種撥雲見日的輕鬆感，縱使持續的時間不長。

可惜今晚什麼事都不順利，敞開的窗子都不夠大，無法讓我鑽進去宣泄怒氣。相信我，我試過了。我只能在窗戶上畫出朗尼的臉，然後揮拳將窗玻璃砸碎。

我的拳頭很有力量。

在育幼院過日子，拳頭一定要夠力。太弱的人在育幼院裡撐不過五分鐘，更別說生活八年。

在育幼院裡的每一天，通常都是從打架開始。最常見的導火線，是某人吃光了別人想吃的燕麥片。你也知道，大家對這一類的小事都喜歡斤斤計較。

一大早就發生衝突，其實不難理解，因為早上起床一睜開眼睛，發現自己還待在該死的育幼院裡，如果換成是你，肯定也會有一股無明火吧？

將九個或十個心情不好的孩子關在同一個屋簷下，我相信再笨的人也能夠想像得到，打打鬧鬧一定是家常便飯。

偏偏那些爛人保護官就是不懂，朗尼甚至拒絕了我提出大家各自在床上吃早餐的建議。「一般人不會在床上吃早餐，比利。所以在育幼院裡當然也不可以。我們是一家人，一家人就應該一起吃飯。」

隨便他怎麼說。如果我們是一家人，為什麼我們會每天打打鬧鬧？我不覺得一般人在家裡會為了燕麥早餐打架。除非我誤會了什麼。

當然，育幼院裡其他的院童現在都學聰明了，不敢隨便惹我。

而且因為我的緣故，他們也不敢去招惹雙胞胎。事實上，不光是早餐時間，他們任何時刻都不敢找我們麻煩，以免惹我發火。

我擅長打架的好本領，讓上校相當頭痛。他甚至一度認為應該讓我去練習拳擊。我不明白他怎麼會有這種念頭？八成又是從軍隊裡學來的。

「以前也有一些不守規矩的孩子。我們送他們去學拳擊，讓他們把精力花在拳擊比賽上。」

我聽了一臉無趣。

「比利，你覺得如何呢？」上校問。

「覺得什麼東西如何？」

「去試試看。去練習拳擊。」

「我要和誰對打？」

「我不知道。和你同年齡的孩子吧？如果你很厲害的話，也可以和年紀比較大的孩子比賽。」

「我可以和你對打嗎？」

「不行。當然不行。」

「那就算了。我沒興趣。」

坦白說，我覺得朗尼看了太多電影。如果他真心認為拳擊可以改變我這個人，他的腦袋肯定以前被人打壞了。

他該不會覺得我愛打架鬧事吧？倘若他仔細想清楚，就該明白我是因為他對我很壞，還企圖操控我的人生，才會動手。

對他來說，我只是工作的一部分。

我對他而言根本不重要，比不上他親生的孩子。他一天到晚把他孩子的事情掛在嘴邊，一會兒說他們足球練習結束後要去接他們回家，一會兒又炫耀他們的考試成績，幾乎讓人誤以為他兩個孩子也和我們一起住在育幼院裡，但實際上他從來不曾帶他們來過這裡，我猜他一點也不希望他兩個寶貝兒子與我們這些壞小孩一起玩。

如果我答應去練習拳擊，不知道結果會如何？大概就像拿一瓶全世界容量最大的可口可樂用力搖晃，然後轉開瓶蓋隨意噴灑，不確定自己有沒有能力再關上蓋子。當比賽結束的鈴聲響起時，朗尼能保證我一定會乖乖停手嗎？

我有太多憤怒需要宣泄，我猜他們可能得用起重機把我吊離擂台，才能讓我停止揮拳。

今天晚上，我想只有一個地方能夠讓我的心情平靜下來，一個能夠讓我稍微放鬆的地方。上個月我在這個地方紓解了壓力，今晚應該也可以。

我的身體自動帶我來到房屋前，雖然時間已經過了三年，但是我以前走這段路的記憶已經深植腦中。我快步走過雙向車道，來到公共區域中央的花圃，然後往下走到賈頓大道，左轉之後就是我和其他孩子經常聚會的地點，我們會在那裡分享自己從家裡或學校偷來的東西。最後再一個右轉，就是華頓街。街口的最前面兩盞路燈依舊是壞的，因此我必須走過一段黑暗的道路。如果你好奇，我可以明白告訴你：那兩盞路燈不是我破壞的。

我在第二盞路燈下停住腳步，倚在電線杆旁，視線投向珍和葛蘭特的家。

我知道下一秒鐘將決定我今晚接下來的心情。我真的亟需平靜。

上個月，我在毫無計畫的情況下第一次回到珍與葛蘭特的家，而且我當時根本不打算進去裡面。

是我的身體帶我回去的。那天我過得很糟，因此晚上心情不好——朗尼和那些爛人保護官為了替其他孩子出氣，把我壓倒在地板上，但明明是那個孩子有錯在先，誰叫他找路易吵架。而且我只給了他小小的教訓，讓他知道什麼叫作規矩，又沒打斷他的鼻梁，只不過他碰巧是個容易流血的人，如此而已。

多虧那兩個身材魁梧的爛人保護官，讓我再度趴在地毯上吃了二十分鐘的灰塵。不知什麼原因，這件事讓我很火大——也許是因為我的糗樣被路易看見。路易哀求我冷靜下來，甚至想敲打我的頭，但是被別的保護官拉進電視房，叫他和其他院童待在一起。

那天，從下午到晚上，路易跪在我身邊一臉擔憂的模樣，不斷出現在我的腦海中。我心裡反覆想著：為什麼他要我冷靜？為什麼他不跳到朗尼背上，叫他滾回辦公室裡？為什麼他不站在我這邊？

我想得愈多，罪惡感就愈強烈。當晚我哄雙胞胎上床時（他們兩人都沒有提及我被壓在地板上的事），我的頭已經快要爆炸了。因此，我從防火梯溜出育幼院，並且在十五分鐘後，站在珍和葛蘭特家的大門外，手裡拿著一塊石頭。

當我看見走廊上的電燈亮著時，我知道自己非得進屋裡一趟，因為這麼棒的機會千載難逢。我知道屋裡有我渴求的平靜，可以讓我得到一絲絲放鬆。上帝也明白這一點。

我深深吸了一口氣，然後看了手錶一眼。

晚上十點十五分。

完美的時間點。然而當我抬起頭望向史考特夫婦的房子時，便明白自己運氣不夠好。雖然走廊上的電燈亮著，但樓梯間和主臥室也都燈火通明。

他們在家，就和平常的夜晚一樣。我腦中浮現出他們的模樣：珍在臥房裡瞎忙，葛蘭特則在廚房裡想多喝一罐啤酒，即使他明知道珍不准他貪杯。

他們的生活模式很單純，相當容易掌握。可是這時前門突然打開了，葛蘭特從屋裡走了出來，我趕緊躲到陰暗的角落。

他朝街上望了好幾次，眉頭深鎖，並且不停的看手錶。

我很訝異葛蘭特這種違背常態的舉動，不確定自己應該繼續留在原地，或者回育幼院去。總之在這種情況下，我不可能進得了珍和葛蘭特的家門。

等到我再次抬頭時，我發現珍也出現在前門。她輕撫葛蘭特的手臂，然後帶著他回到屋裡。

我知道自己別無選擇了。

我可以繼續站在街頭，讓自己冷到凍僵，或者回去育幼院，希望那些爛人保護官還沒查房。

街上的風很大。

從這裡通往學校的路非常筆直，而且至少有兩百公尺長。

如果騎腳踏車到學校去，在冷風颼颼的情況下，風會灌進衣服裡，我肯定會凍死。再說，風太大也太強，我可能根本無法騎腳踏車，只會一路往後退。

不過，我以前很喜歡向這種冷風挑戰。

我會一邊逆風前進，一邊告訴自己回程就容易多了，因為強風會變成我的助力，一路推著我的背部前行。

只可惜這麼好的事從來沒發生過。

因為回家的時候就和上學時一樣，強風還是不停往我臉上吹，讓我踩著腳踏車踏板時搖搖晃晃。我發誓，我曾經望著對向車道的騎士，想大聲問他們：兩側車道都逆風，這種怪事怎麼可能發生？我到底該怎麼做才能騎得省力些？

不過，我可以告訴你：我從來不曾因為強風而摔倒。一次都沒有。

我絕對不會讓強風打倒。

我也絕對不會被今晚打倒。

因此，當第一道強風拉扯我的外套時，我便將衣領立起，雙眼迎風而視——我根本沒有想到，自己接下來將面對一場意想不到的風暴。

一場即將擊敗我的風暴。

7

我很早就發現她了。當我走到公共花圃時就看見她了。

她用大衣緊緊裹著身體，下巴貼在胸口上方，以減少臉部受到冷風吹拂的面積。

或許因為這個緣故，所以她沒看見那些傢伙。

但是我已經看見他們。

就算天氣再冷的夜晚，空地的涼椅總會有人坐著。此刻涼椅上坐著三個傢伙，他們蜷縮著身體，共享一罐蘋果酒。我不認識他們，但是無所謂，總之他們不是這一區的熟面孔。這幾個傢伙看起來比我年長，這點讓我覺得奇怪。如果我的年紀像他們一樣大，在這種冷颼颼的夜裡，我會去小酒館，才不會坐在寒風中喝酒。

但他們看起來一點也不在乎。我經過他們身邊時，聽見他們大呼小叫的對話方式，就明白他們早已喝醉，難怪不畏寒冷。

我從他們面前走過時，刻意將頭抬高，兩眼直視前方，不讓他們看出我心裡有任何怯懦，以免他們過來挑釁。這招很管用，他們沒有理我，三個人繼續說些瘋言瘋語。

但是我知道，等到她經過他們面前時，就不會這麼幸運了，無論她的眼睛望向何方。

事實上，我才從他們面前經過不到幾秒鐘，他們就已經盯上她了。

「喂！喂！看那邊，兄弟們，看那邊！」

「我看到了，很不錯喔。老哥，看起來很不錯喔！」那三個醉漢叫囂完之後就發出一陣狂笑。

接著是蘋果酒罐被摔在路面上的聲響，劃破了夜晚的寧靜。

我腦子裡本來就還鬧烘烘的，因為我無法進入珍與葛蘭特家，憤怒的血液仍在我耳邊沸騰。一想到我晚上又得在自己房間裡失眠一整夜，心情就無法平靜。要不是因為天氣太冷，我也會弄一罐酒來喝，然後隨便找個地方睡一覺，反正我以前也這樣做過。

不過，我不想和那三個傢伙一起喝。我沒有潔癖，但他們看起來真的又臭又髒。我繼續往前走，希望那個女生也會聞到那三個傢伙身上的臭味。

那個女生和我擦肩而過時，我偷看了她一眼，發現她臉上面無表情。

不帶任何情感。

她兩眼直視前方。

這表示她也看見那三個人了。

我又朝她的眼睛看了一次。

我認識她嗎？

我覺得她看起來很眼熟，但是我想不出來在哪裡見過她。

我放慢腳步，可是沒有完全停下，只是放慢行走速度。她馬上就會經過那三個傢伙面前，我心想。如果她夠機警，就該加快腳步，並且拿出手機撥打電話，告訴她的家人或朋友她馬上就到，即使她距離目的地還有一大段路。

我不自覺的皺起眉頭。

我幹麼要管那麼多。

這根本不關我的事。

如果那個女生笨到不知自己已經身處險境，算她活該倒楣，她得乖乖認命。

然而，當我走到雙向車道盡頭時，我卻不自覺走得更慢，並且忍不住想回頭張望。

我知道自己是因為擔心她才放慢腳步。於是我躲進暗處，看著剛才走過的空地。

那三個傢伙開始對著她嘻嘻哈哈，但是她沒有加快腳步，反而繼續悠閒的走著，彷彿目空一切。

「美女，妳要去哪裡？」

關他們屁事！

「嘿！別急著走啊！過來和我們喝一杯。」

當她經過那三個傢伙面前時，他們突然朝她走近。這時她別無選擇了，如果她不走到對向車道，就會與他們撞個滿懷。

但沒想到她連閃都不閃一下。

毫不遲疑。

她沒有伸手阻擋，而是直接從他們中間走過。

那三個傢伙當然嚇了一跳，尤其那個手裡拿著酒罐的傢伙。他手上的酒全灑在自己身上。

「妳這個臭婆娘！」他勃然大怒。「妳看看妳幹了什麼好事？」

雖然蘋果酒也潑灑到他的兩個伙伴身上，但是他們沒有幫腔。那傢伙只好自己一個人追上去，在那女生的身後用手指著她的後腦勺。

「喂！」他大喊。「妳打算這樣一走了之嗎？」

那個女生繼續往前走去，毫無停下腳步的意思，因此他愈罵愈生氣。結果，發生了兩件出乎我意料的事。

第一件事。

那個傢伙沒有將女生強行轉過來面對他，也沒有跑到她面前阻擋她前進，反而伸手拉住她的頭髮。他的力道之大，我差點以為那女生的頭髮會被他扯下一大把。

第二件事。

那個女生沒有像一般人因為疼痛而大叫，反而使出一記迴旋踢，用右腳踢中那個傢伙的臉頰，動作俐落帶勁，連站在三十公尺外的我都能聽見那一踢所發出的撞擊聲。

那個傢伙原本拉著女生的頭髮，這時立刻鬆手並且摀著自己的臉頰，整個人跌坐到地上，還將身子蜷成球狀，宛如以為那個女生會繼續攻擊他。

然後，戰爭開始了。

原本還在傻笑的另外兩人，突然發出瘋狂的怒吼，朝著那個女生衝去。也許那個女生知道自己跑不掉，但也許是因為其他理由，總之她沒有跑開，只是站在原地看著那兩個傢伙向她奔來。事實上，她的眼睛連眨都沒眨一下，直到第一個跑向她的傢伙朝她揮出一拳，將她打倒在地。

我想一走了之的念頭頓時消失，毫不考慮的往他們那邊跑去。

雖然他們三個人當中的一個已經倒在地上，但我知道自己勝算不大，畢竟他們都已是大人，而且看起來身手不錯，應該經常打架。

我只能靠出其不意的出擊。

這一招對第一個傢伙很有用，我往他後腦一敲，他馬上就倒下了。但是在我還來不及反應之前，另一個傢伙已經朝我頭部攻擊，接著又趁我痛到彎下腰時，用膝蓋踢我的臉頰。

雖然我倒地時覺得頭昏眼花，但馬上又站了起來。我一站起身子，雙手就被架到身後。剛才被我打倒的傢伙衝向我，雙手握著拳頭。

「這下子更有趣了！你是這個瘋婆子的朋友，對不對？」他喘著氣說，表情顯得相當興奮。「你們兩個人是不是有病？一點禮貌都沒有！你們兩個都是！」

他先朝我的肚子揮出左拳，然後在我彎下腰時用膝蓋頂我的額頭。

我被踢得暈頭轉向，耳朵也不停嗡嗡叫，可是我沒有那麼容易屈服。在經過這麼不順心的一天之後，我絕對不會輕易認輸求饒。

那傢伙慢慢走向我，朝著扣緊我雙手的蠢蛋投以微笑。他分神的時候，正好給我機會鎖定他，因此等到他靠得夠近，我馬上往他兩腿中間的重要部位狠狠一踢，當場命中他的要害。

他踉蹌的往後退了幾步，雙手摀著胯下哀嚎，彷彿他的寶貝蛋就要從褲襠裡滾出來。我馬上將注意力轉向我身後的傢伙，趁他準備從我肩膀上方窺探他同伴的情況時，用我的頭使勁往後一敲，直接敲中他的鼻梁。雖然力道不夠，沒有讓他痛到倒地，但起碼他鬆開了手。

我轉過身，將他狠狠往後方一推。腎上腺素此時開始在我體內分泌。

「你們有資格教訓別人沒禮貌嗎？」我怒吼。「你們這三個白痴打算調戲女生，根本就是大變態！」

我毫不客氣的揮出一拳，將他打倒在地，然後再補上一腳。

接著再一腳。

又一腳。

然後再一腳。

我就像打開瓶蓋的可樂，滿懷怒氣一口氣宣泄而出，怎麼也停不下來。

直到有人從背後攻擊我，讓我跌倒在地。

我轉過身，先用雙手保護頭部，然後才看見剛剛那個拉扯女生頭髮的傢伙正一臉憤怒的朝我揮拳。他渾身散發著酒氣。

「你以為你是什麼東西？你以為自己是超級英雄嗎？告訴你，死孩子，你剛才應該裝作什麼都沒看到就好，因為這件事根本與你無關！與你無關！但現在和你有關了！是你自找麻煩活該！」

我隱約看見他手中有東西閃閃發光，但我不必看清楚也明白他拿著一把小刀，更知道他打算拿刀刺我。

我躺在原地不動。

一動也不動。

但是我沒有移開視線，因為我不會讓他覺得我心裡害怕。

我一點也不害怕。

雖然從未有人在我面前揮舞小刀，可是我經歷過更可怕的事，而且我已經熬過來了。

我覺得自己是無敵的，是堅不可摧的，宛如我就是超人。

我開始放聲大笑，讓他嚇了一跳，但也令他更加生氣。他先愣了一會兒，彷彿想搞清楚自己有沒有聽錯。當他彎下腰時，我看見他身後閃過一道亮光。那不是刀，而是更鈍、更沉重的武器。他整個人倒在我身上，擋住了我眼前的滿天星光。

8

我費了好大力氣才把壓在我身上的傢伙推開。我不確定那個女生手上的鐵鍬是不是讓這傢伙腦袋開花了。

可是那個女生好像一點也不在意，她看了那傢伙一眼，並且用鐵鍬戳戳他的身體，然後轉身面對我。

「我看他一時半刻是醒不過來了，不過我也不打算留在這裡等他醒來。」

她說完後就從地上撿起她的背包，轉身大步走開。

「請等一等！」我從地上爬起來，在她身後大喊。「妳還好嗎？」

「我？」她回答時沒有轉頭。「我沒什麼不好啊！挨打的人又不是我。」

「但是那個傢伙從妳身後攻擊妳。」

她還是沒有停下腳步，只是瞥了我一眼，而且臉上露出不悅的表情。

「我沒事。我只挨了一下。你知道自己正在流血嗎？」

我用手擦擦鼻子，手背沾染上一抹血痕。

「這沒什麼。他正好打中我的鼻子，如此而已。」

「喔，好吧！」

事情似乎就這樣畫上句點。

那個女生把背包甩到肩膀上，繼續大步走開，彷彿我根本不曾存在。

我愣了一會兒，才明白這件事對她而言只是一場已經結束的遊戲。

我用力搖搖頭，彷佛剛才的重擊害我搞不清楚發生了什麼事。

如果我沒有出手幫忙，她一定會身陷危機。

我不是很重視禮貌的人，但我認為她至少應該向我說聲「再見」吧？於是我以小跑步的方式跟上她。

「就這樣嗎？」我在她身後說。

她顯然還是不打算理我。

於是我又問了一次，結果她仍對我不理不睬。

「我說，妳是不是忘了什麼？」我不經思考就一把抓住她的肩膀。

這是天大的錯誤，因為她猛然轉身，就像剛才那樣充滿戰鬥力。

她朝我揮拳時，我出於本能（而非判斷），連忙將頭往後閃，同時感覺到一陣風隨著她的拳頭掃過我的下巴。

「老天！」我大喊。「妳有什麼毛病啊？妳是不是沒搞懂剛才發生什麼事？那些傢伙原本要對妳動粗！」

這句話好像終於吸引了她的注意力。

「什麼？你是說，你跑來多管閒事之前？所以我應該向你道謝？但如果我沒記錯的話，被那些傢伙打得落花流水的人並不是我！」

她說這些話的時候，頭一次用眼睛看著我。這時我再次萌生一種奇怪的熟悉感，彷彿我認識她，雖然我不知道是什麼原因。

這種脾氣火爆的女生，如果我認識她，說什麼也不可能忘記啊。

「等一等，我得把話說清楚！我之所以挨那些傢伙的拳頭，是因為我跑去救妳！我之所以停下腳步沒有離開，是因為我看見那個傢伙攻擊妳！」

「所以你到底想怎麼樣？」

「我想怎麼樣？我什麼都不想。妳聽好，我們就當這件事情不曾發生！祝妳平安回家！」我最後又看了她一眼，然後才搖搖頭轉身走開。

「等一等。」我彷彿聽見她這麼說，但是因為聲音太小，所以我不打算停下腳步。

「我叫你等一等！」

這下子聲音夠大了，於是我轉過身。

她依舊站在原地，臉上還是沒有任何表情，眼神也同樣呆滯。唯一不同之處，是她臉上瘀青的面積看起來好像變大了。

「你聽著，我很感激你幫忙。」她說。「真的。我只是不太習慣向人道謝。而且，請你記得一件事：我可沒有叫你幫我。」

「好，妳說的有道理。」

「我們就到此為止，可以嗎？你幫了我，我幫了你，互不相欠。」

然後她做出一個令我意外的舉動——她朝著我伸出手，等我與她握手。

我沒有馬上伸手與她相握，反而只是盯著她的手，想先確定她不是在玩什麼把戲，最後才勉為其難的往前走一步，將自己的手伸向她。

她的手指很冷，我的也一樣。我們握手的時候，我覺得她的冰冷似乎變得暖和了一些——起碼我自己的冰凍感已經融解了一點。她的表情沒有改變，始終直視著我的眼睛，然而我知道她只是因為我一直盯著她看，所以才用同樣方式回敬我。

我發誓，她看著我的時候，一定也在思考是不是曾經在哪裡見過我。

然後她放開我的手，轉身走開。

「等一等！」我叫住她。「妳要去的地方離這裡遠不遠？」

「問這個做什麼？你想做什麼？護送我回家？確保我的平安？」她臉上閃過一絲笑意。

「我只是好奇，如此而已。」如果她不開口要求，我當然不會主動送她回家。

「我和幾個朋友住在前面。」她看起來不太高興。「我相信這一小段路我應該不需要你的保護。」

「好吧。後會有期了。」

「也許吧！」她把手插進口袋，繼續往前走去。

等到她走遠時，我才突然想到：從那個傢伙攻擊她開始，直到現在，她始終沒有皺一下眉，或者伸手撫摸自己的臉，宛如不知道自己臉上有一片像網球般大小的瘀傷。

這個時候我才明白自己確實沒有見過她。儘管如此，我知道她是誰，我非常確定這一點。如果我身上有錢，我甚至可以和你打賭。

因為她和我是同類。

她也是在育幼院裡長大的孩子。

9

當我推門走進教室時，彷彿又聽見朗尼對我耳提面命的話語。「低調一點，比利，你懂我的意思。盡量不要做出引人注意的事。」

我嘆了一口氣。本來我就不喜歡引人注意，尤其在學校裡。可惜總是事與願違。

從我還是小嬰兒開始，我的學習能力就比別人差。別人可以按照進度學習，只有我連一數到十都學不會。

這麼說好了：我這輩子顯然都沒資格去參加益智節目比賽。而且，當你程度比大家差的時候，很難不受到別人注意。我身邊總會跟著好幾位老師，他們不厭其煩的為我講解課程，以便幫助我理解內容。

班上其他同學當然一下子就發現我比別人笨。七歲大的小孩，其實已經知道如何刺激別人——他們總喜歡故意跑來找我說話，因為他們知道我是全班最笨的孩子。

不光只是班上同學知道我程度差，就連他們的父母也都曉得。

我見過那些家長，他們會像小團體般，站在校門邊偷看，好奇著傻瓜比利的爸媽長什麼樣子。當他們一連五天看見不同的保護官來接我放學時，不禁偷偷的搖搖頭。有些家長還虛情假意邀請我到他們家喝茶，要他們的孩子陪我玩，並且叫我吃光他們準備的甜點，還讓我在他們家的院子裡奔跑。他們不是同情我，而是可憐我。我寧願這些家長和同學假裝我不存在，不需要這樣刻意與我接近。

當我八、九歲的時候，情況變得更糟了，我知道自己與同學之間的差距愈來愈大。我對這一點心知肚明，當然，我一點也不喜歡這種處境。

但是他們喜歡，還愛死了。

他們已經知道班上的大白痴比利，如今已經變成育幼院童比利・芬恩。育幼院裡那些年紀較大的孩子把我磨練得很強悍，學校裡如果有誰敢小看我，我就會給他們顏色瞧瞧。我不在乎在什麼地方動手，無論在校園裡、球場上、教室內，對我來說都沒差。只要對方學到教訓，我就覺得開心。

但是老師們可不這麼認為，他們一點也不贊同我「指導」同學的方式，因此要求育幼院派一名保護官隨時守在我身旁。這種安排讓我非常丟臉，我猜你們應該不難想像。

這種感覺就像是在我的桌上插一面告示牌，告訴大家：**這孩子需要特別照顧！這孩子需要特別照顧！**

朗尼當然樂於插上一腳。他認真記住我班上每個同學的名字，而且每當這些同學問他是不是我爸爸時，他總是溫柔的露出笑容，回答：「不，我不是比利的爸爸。我是他的叔叔，朗尼叔叔。」

同學都以為我來自一個大家庭，因為幾乎每天都由不同的叔叔阿姨接送我上學和放學。今天，我終於可以自己走進教室，不需要扮演我叔叔的朗尼陪在身邊。他永遠都不會是我的朗尼叔叔。就讓我們面對事實吧！他絕對不會用這種緊迫盯人的方式對待自己的親生骨肉，對吧？

即使是我獨自一人走進教室，我還是引人側目。當我踏進教室門口，全班同學都安靜下來，因為似乎沒有人知道我要回來上課。

「那是比利嗎？」教室後排有人鼓起勇氣說出這句話。

其他人馬上低頭，假裝忙著做自己的事。

我環顧教室，想找一個最好的座位。我知道自己必須表態，讓大家記住雖然我這幾個月沒來上學，但最好還是別靠近我，除非經過我的允許。

我走到教室後排，站在丹尼・薛爾的座位前方。

丹尼是那種在各方面都表現優異的討厭鬼。你懂我的意思：無論體育、戲劇、學生會，什麼事情他都能交出亮眼的成績單。而且奇怪的是，大家似乎都很喜歡他，甚至尊敬他。因此我認為他是我最適合表態的對象。

「你坐了我的位子。」

另外二十九雙眼睛同時盯著丹尼，丹尼則僵著身子，不敢抬起頭。

我等了幾秒鐘，但是他一直看著自己的桌面。

「我說，你坐了我的位子。」我伸手去拉丹尼的耳朵。雖然我沒有用力，但足以讓全班大吃一驚，每個人都倒抽一口氣。

我看見丹尼眼中冒出怒火，我自己的呼吸也加快，因為這種即將發生衝突的場面，令我感到異常興奮。

「你想做什麼？」丹尼將臉湊到我面前。

「很簡單，丹尼。我剛才說的話，你是不是沒聽懂？如果我沒記錯，你不是一個軟腳蝦，所以如果我是你，我會馬上找別的位子坐。」

丹尼的眼睛盯著我看時，我知道他心裡在掙扎。他清楚自己個子夠大，可以和我打上一架，而且如果他真的動手，其他同學絕對會在他需要時出來助他一臂之力。

但是另一方面，他很清楚我是什麼樣的人，就算他和他的幫手暫時占上風，我將來一定會再找機會報復。

他只遲疑了一秒鐘，就抓起書包往教室另一頭的空位走去，原本坐在他旁邊的同學也馬上跟著他換位子，讓我一下子就占有兩個座位。

旗開得勝只讓我稍微鬆了一口氣，但絕對稱不上開心。我知道，假如我想順利撐過接下來這幾個月，以便向上校及其他人證明雙胞胎的最佳選擇是留在我身邊，我一定得把上學的事情搞定。但是，能讓我好好上課的前提，就是同學們都別來惹我，因此我一進教室就馬上找人挑釁。假如大家都認定我是一個剛回學校就打算惹事生非的神經病，他們一定會離我遠遠的。

當然，如果朗尼在圖書室裡說的那些話是真的，那麼無論我是否乖乖上課，都無法留住雙胞胎。我得想辦法查清楚，看看安妮是否真的打算把雙胞胎接回家。倘若她真有這種打算，我必須設法阻止她。

我打開課本，在頁面上方空白處寫下「安妮」。上課時間似乎是讓我擬定計畫的最好時機。

到了星期四，我破壞安妮詭計的計畫中止了。

除了帶著雙胞胎逃走、沿途搶銀行之外，我什麼方法都想不出來。我花了那麼多時間苦思卻一無所獲，讓我對自己相當失望。

不過，挑釁丹尼·薛爾的舉動確實得到我想要的結果。班上的同學都盡量避開我，我每天早上進教室時，可以感覺到他們全都緊張的站起身，生怕我叫他們從原本的座位滾開。這點非常完美，如此一來我就不必再找下一個人挑釁，起碼短時間內沒有這個必要。

比較讓我驚訝的是，老師們似乎也對我沒什麼興趣。

就連我原本想像的「歡迎回來上課」之類的友善對談都沒有。好吧，我所謂的友善對談，通常是以警告的方式進行，最後以懲罰結束。

「比利，請你告訴我，你這次會有什麼改變？」

「校長，這句話是什麼意思？」

「別裝了，我想弄清楚你聰明的腦袋瓜裡在打什麼主意。你是不是想誤導我，讓我以為不必每天把你叫來辦公室？」

「我不知道。校長，也許我根本沒有打什麼主意。」

「比利，告訴我你的想法，可以嗎？你打算從學校裡學到什麼？」

「我想，大概就和每個人一樣吧？學習知識，然後將來找一份好工作。」

「你想找什麼樣的工作？」

「我不知道。」我聳聳肩。「可以讓我賺錢付房租以及買東西給雙胞胎的工作。」

我知道只要我這樣回答，校長就會搖搖頭，然後開始他長篇大論的說教。

「比利，我想你必須充實自己，才能申請到這份你一畢業就打算從事的神祕工作。嗯，但我還是坦白告訴你，天底下沒有這麼簡單的事，除非你現在就開始好好充實自己。」

「是的，校長，我很清楚這一點。」

「不，我不認為你明白。像你這種孩子，我們早就見多了。你知道，我教過許多和你一樣的學生。」

「校長，我不確定自己是否明白你的意思。」其實我懂，我只是希望他親口說出來，讓他自己感到難堪。

「我是說，像你們這種沒有……這種住在……這種接受政府安排住處的孩子。」

他把我們說得像是統計數據一樣。

「我接觸過許多與你有相同經歷的學生。他們和你住在同樣的地方，但他們和你的不同之處，是他們把學校視為扭轉人生的關鍵，因為他們不想與他們的父母親犯下同樣的錯。你明白這一點嗎？」

「是的，校長。」

「很好。比利，我希望你明白，學校的老師們對你別無所求，只希望你能出人頭地，畢業時帶著足夠的知識與本領出去找工作、租房子、養弟妹。我們想幫助你，比利，所以你應該好好善用學校的一切。別的孩子都懂得把握這樣的機會，所以他們有很好的發展。」

校長說完之後還不忘警告我，希望學期結束前不要再找我進辦公室，然後才准許我離開。

真是矛盾得可笑。他剛才還說他辦公室的門永遠為我而開……

而且他竟然還說育幼院的孩子有很好的發展？老天，我可是頭一次聽見這種鬼話。育幼院的其他孩子雖然能找到可供餬口的工作，但絕對不是他說的什麼很好的發展，起碼掃馬路的清潔工或監獄裡的伙房工，都不算是校長口中那種了不起的職業。

校長這次沒來煩我，我不知道應該鬆一口氣還是覺得生氣，然而所有的老師似乎都以同樣的態度對我，讓我感到相當吃驚。除了年紀很大的邦恩斯老師（堅持每個星期為我一對一加強輔導的德文老師）之外，其他老師都離我遠遠的。

教法文的透納老頭甚至不管我有沒有交作業。當然他還是要求我乖乖上課，但是當他看見我在作業本裡的塗鴉時，一句話也沒說。他是老師，批改我的作業是他的工作，不是嗎？我很想向校長報告法文老師不管我亂寫作業的事，但這個荒謬的念頭連我自己都覺得可笑。

就這樣，第一個星期過完了，第二個星期也過完了，我重返校園已經堂堂邁入第三個星期。單調無趣的學校生活慢慢腐蝕我的頭腦，讓我乖乖遵循學校的各種規定。雖然我回來上課，也在學校裡保持低調，但這些根本幫不了我，也幫不了雙胞胎。

不過，第三週的星期二早上，一切有了轉變。

我和平常一樣懶散，雖然邦恩斯老師在點名，我照樣懶得理他。這個時候教室的門卻突然打開，校長走了進來，而且身後跟著一個新同學。

坦白說，一開始我根本不予理會，因為我知道自己沒做什麼壞事，校長肯定不是來找我麻煩，而且我對於照顧轉學生這種事也興趣缺缺。當然，校方不可能找我這種人來照顧新同學。

「各位同學早安。」校長以愉悅的口吻說。「邦恩斯老師，不好意思打斷您上課，但我想介紹一位新同學給大家。這位是黛西．休頓。黛西剛剛搬來我們這個學區，希望各位同學能成為黛西的好榜樣，並且熱情歡迎她轉到我們學校就讀。」

校長說完後就走出教室，我還是一樣，頭連抬都懶得抬一下。

直到邦恩斯老師開口。

「休頓同學，歡迎妳來到我們這個班級。因為我們班上人數較多，請妳暫時先坐在比利・芬恩旁邊，也就是倒數第二排的那個空位。」

教室裡開始傳出笑聲，但是我沒說話。我一點也不想要和新來的學生扯上關係，於是我抬頭朝那些竊竊私語的傢伙瞪了一眼，然後將書包從我旁邊座位的桌上拿回來。

「比利。」邦恩斯老師大聲的叫我，顯然發現了我不愉快的情緒。「我希望你對新同學表現出一點紳士風度，不准鬧脾氣。你聽見沒有？」

有些不知死活的傢伙笑得更大聲了。我不情不願的瞥了新同學一眼，想示意她不必浪費時間和我套交情，反正她只是暫時坐在我旁邊。

不幸的是，她沒有轉頭看我。然而當我第一次望見她的臉時，卻大大吃了一驚。

是她，那天晚上在空地的女生。

就在那一刻，我就知道自己重返學校假裝乖乖牌的計畫完蛋了。

從那一刻起，煥然一新的比利・芬恩、行事低調的比利・芬恩，已經沒機會存在了。

10

如果她看見我的時候也有一絲驚訝，那我得說，她可真掩飾得很好。事實上，當她坐下來的時候，根本懶得看我一眼。

我隨即發現她臉上的表情，與我們之前在空地相遇時一模一樣——冰冷的眼光定視著前方，但是目空一切。我無法猜透她在想些什麼，然而就像上次一樣，我無法忽視她這種神情，讓我感覺相當不自在。

在學校裡沉默了兩個星期之後，我突然有一種想找她說話的衝動。這實在非常可笑。我要和她說什麼？我為什麼想找她說話？連我自己也沒有頭緒。

我想偷偷打量她，看看她臉頰上的瘀青消退了沒，但又不希望自己的主動讓她自鳴得意。於是我放空腦袋，打開課本。課本裡的字我一個也讀不進去，但是老實說，在她出現之前，我也同樣一個字都讀不進去。距離點名時間結束還有三分半鐘，要打發這麼短的時間對我來說並不難，畢竟自從我返回學校上課之後，一天到晚都在放空。然而此刻的我覺得每一秒都令人煎熬，希望她沒發現我的不自在。但是她沉默不語，似乎完全不以為意。

鐘聲響起的時候，我終於鬆了一口氣，馬上將椅子往後推，直接朝教室門外衝去。我猜邦恩斯老師一定搞不懂發生了什麼事，因為平常我總是表現出懶洋洋的態度，不急著去上第一堂課。事實上，邦恩斯老師總得逼我離開座位，甚至威脅要陪我走去上第一堂課，我才肯離開點名教室。

我根本不記得第一堂課是什麼，也不知道教室是哪一間，只想搞清楚為什麼黛西·休頓會占滿我的思緒。

結果我跑去我的小窩躲了整個上午。自從我返校上課後，我就把學校體育館後面的舊倉庫當成我的小窩。這間舊倉庫裡堆滿了各種廢物：生鏽的跳欄、洩氣的足球，最重要的是還有防撞墊——夏季用來練習跳高與撐竿跳的護墊。防撞墊既寬大又鬆軟，宛如最舒適的大型沙包。雖然防撞墊有股臭臭的味道，但是班上許多同學身上的味道也不好聞，而且我不介意防撞墊的臭味。

珍和葛蘭特家裡有那種懶骨頭沙發。你知道我指的是什麼——大得像一張小型沙發，功能也和小型沙發相同。你往懶骨頭裡一坐，這個像沙包一樣的東西就會包覆你、撐住你。那是我這輩子坐過最舒服的椅子，舒服到讓我有種罪惡感，因為我從來沒想過自己能找到一個擁有這玩意兒的寄養家庭。我根本不配。

或許躺在防撞墊上可以幫助我放鬆情緒，讓我回想起在珍和葛蘭特家那段舒舒服服的日子，也讓我能好好思考——並且想著那個令我心慌意亂的女生。

她讓我感到非常不自在。本來我已經打定主意，知道自己在學校裡應該怎麼做，但是自從她出現之後，雖然才短短幾秒鐘，我就知道自己無法落實計畫了。彷彿她一來就把我澈底摸透，雖然她根本連正眼都沒瞧我一下。

他媽的！我絕不容許別人這樣操弄我，尤其是像她這種不知感恩的臭婆娘。就算她轉來這間學校又如何？我之前已經好心幫過她了，假如不是我拔刀相助，她現在可能還在警察局裡待著呢！她自己應該也明白這一點吧？我一邊想著，一邊從防撞墊上坐起身子。

也許等我們破冰之後，她就會向我表達感恩之意了。其實她謝不謝我都沒差，只要她別期望我也得向她道謝就好。

要在學校裡迴避黛西並不困難，因為每天除了兩次的點名時間之外，我們幾乎不會碰面。都怪我自己要去搶丹尼．薛爾的座位，因此她別無選擇，只能坐在我旁邊的空位。

自從她轉學進來的那天起，我們每次碰面時都沒說話。事實上，我和她已經建立起一種奇怪的模式——每次只要她一在我旁邊坐下，我就會低頭檢查鞋子乾不乾淨，直到點名時間結束的鐘聲響起。鐘聲是我逃離點名教室的藉口，而且我通常都會躲到體育館後面的舊倉庫，而她則繼續坐在座位上兩眼放空，凝望前方。

這種情況持續了一個星期。無論我如何壓抑自己，我還是一直想和她說說話，與她討論那天晚上發生的事，並且詢問她是否一切無恙。最重要的是，我想問她是不是來自育幼院的院童，以證實我的直覺準確與否。

結果，我毋需等太久，黛西就趕在我之前打破了沉默。

當我坐在校園的角落，苦思如何解決安妮與雙胞胎的事情時，突然聽見有人說話。

「你有火嗎？」

我抬起頭。強烈的陽光讓我睜不開眼睛，因此我花了一、兩秒才確認那人是對著我說話。而且又過了幾秒，我才看出站在我面前的是黛西。

我拍拍胸口的口袋，又摸摸褲子的口袋。其實我知道自己沒有打火機，因為我根本不抽菸。

「呃，我應該有，但是不知道放到哪裡去了……」

「有就有，沒有就沒有。你到底有還沒有？」

「我放在家裡了。」我還來不及思考，就這樣小聲回答，並且補上一句：「不好意思。」

「沒關係，反正在這裡抽菸也不是什麼明智之舉。虧我還特別把菸草捲得很細，以便燃燒得更久，結果味道沒了，根本是白費力氣。」

我同意的點點頭，試著讓自己鎮定下來。

「妳近來可好？」我鼓起勇氣問。「校長找妳說話了嗎？」

「你為什麼覺得校長會找我說話？」她一面回答，一面打開她的書包翻找。

「我也不知道。我只是隨口問問罷了，沒別的意思。」

接著又是一陣靜默，只有她翻找東西時發出的聲音，以及她嘴裡碎念的咒罵聲。

「我找到了！」黛西突然大喊。我頭一次看見她臉上露出笑容。她從書包裡掏出一個老舊的打火機，然後點燃她叼在嘴邊的香菸。

她深深吸了一口，再把煙吐進空氣中，同時還說了幾個字。

「五次。」她把目光移回我身上。

「妳說什麼？」

「校長已經找過我五次。他說他想拯救我，他真的這麼說。天知道他要怎麼拯救我。」

她說完之後就把書包甩回肩上，往校門口走去。

我認同的笑了一下，把校長和我的對話想像成校長和她的對話。

我就知道！我就知道！

「喂！」黛西突然回頭叫我，打斷了我的思緒。「你不一起來嗎？」

我忍住環顧四周的衝動，因為現在不是讓她把我當成頭號大笨蛋的時候。

「你自己決定要不要一起來，比利．芬恩。你可以留在學校，等校長來拯救你，但你也可以跟著我一起離開。」

「妳要去哪裡？」

「不知道，反正隨便哪個地方都比學校好，不是嗎？」

我喜歡她的答案，因此我露出笑容，與她一同走出校門。

11

離開學校的感覺很棒。畢竟過去三個星期以來，我什麼都沒得到，除了脫離上校的監視。

黛西似乎也很喜歡獲得自由的感覺。

「你都躲在哪裡？」黛西問我。

「什麼意思？」

「你經常蹺課，而且每次點完名之後，你就會馬上消失不見。」

我不知道應該怎麼回答她。我沒有想到她一直注意著我的一舉一動，因此只能以我唯一熟悉的方式回應她的問題——我開始發脾氣。

「妳以為妳是誰啊？妳又不是我媽！是不是校長派妳來監視我？」

「何必那麼大驚小怪？」黛西面帶微笑的回答。「我只是隨便找個話題聊天罷了。」

「找話題聊天？上次我幫妳解決那些傢伙之後，妳為什麼不隨便找個話題和我聊天？」

她聽見這句話之後似乎有點驚訝，甚至覺得有趣。

「你對那件事還耿耿於懷？我還以為那天晚上我們就已經溝通過了。」

「我討厭被人威脅的感覺。」我將雙手插入口袋。「再說，我那天晚上原本沒打算和人打架。」

「幸虧有我在，不是嗎？」黛西大笑。她停頓了一會兒，又接著說：「不過，你不必感謝我。」

她如此尖牙利嘴且態度高傲，我肯定吵不過她，所以就此打住。

「妳臉頰上的瘀青，過了很久才痊癒嗎？」

「不算太久。」

「妳的朋友們看見妳臉上的傷，有沒有表示任何意見？」

「什麼朋友？」她小聲的回答，並且低頭看地上。

「妳說妳和朋友住在一起，而且就住在那片空地附近，不是嗎？」

我故意套她的話，她也心知肚明。

「喔……他們，他們沒說什麼。」從她緊張的將頭髮撥到耳後的小動作，我覺得她隱瞞了一些事情。

「那塊瘀青的面積很大，隔天肯定腫得更嚴重吧？」

「拿冰塊敷一下，再用化妝品遮一下就好了，沒什麼。」

我回憶那天晚上的情況，她臉上的瘀青面積真的不小，而且不到幾分鐘就在她臉上擴散開來，我敢說第二天早上絕對腫得很厲害。

「那你呢？你爸媽有沒有追問你的鼻子為什麼流血？」

「啊，妳知道的……」我聳聳肩，下意識的摸摸鼻子，彷彿希望自己還在流鼻血。「這麼說好了，反正我也不是第一次和別人打架。」

「真的嗎？」她的臉上露出亮眼的微笑。「我很驚訝，因為我聽說你在學校裡是個乖學生，我甚至無法想像你動怒的樣子。」

我呆了一、兩分鐘，不知道如何回應黛西的這句話。我不明白是誰這樣告訴黛西，也不確定他們到底聊了些什麼。

雖然黛西終於開口說話了，但是關於她自己的資訊，半點也沒透露出來。我對她的猜測還是沒有改變，她的某種特質讓我覺得她肯定是育幼院的院童，但是我又說不上來是什麼樣的特質。

不是她的外在。我的意思是，她看起來很普通，身材偏瘦，但是這個年紀的女生很多人都偏瘦。她晒得有點黑，而且不是那種經由人工日晒照出來的膚色，起碼我不認為她是刻意晒黑的。不過，話說回來，我並不是這方面的專家，所以也不確定。

我覺得她的服裝儀容還算像樣，但或許那是因為她不太注重打扮的緣故。她總是穿著牛仔褲和一件尺寸過大的襯衫。她習慣讓過長的袖子蓋過她的手，並且把袖口抓在手掌心裡。這種打扮讓她看起來比實際上的身型嬌小。不過，雖然她大概只有一百六十公分高，卻是一個不容小覷的女生。

我不想盯著她看，但是難以自制。坦白說，若不是因為她逮到我注視她的目光，我根本沒發現自己一直看著她，並且因此發現了她某項特徵。

她的眼睛。她觀看事物的方式，讓她洩了底。有時候她會一直盯著某個東西看，連續看好幾分鐘。有時候她的目光又會不停轉移，一下子左右徘徊，一下子上下飄移，宛如在尋找什麼重要的東西，例如現在。

我也會這樣，尤其是在我覺得自己的陰謀快要被人揭穿時。那種感覺彷彿我已經無法操控一切，甚至即將失去某種東西——某種讓我冷靜的東西，某種我不能沒有的東西。

我沒有辦法告訴你那到底是什麼東西，因為讓我擔心失去的東西太多了。讓我感到害怕的事情，包括失去雙胞胎，或者長大之後會變成像安妮或尚恩那種人。

然而我確定，我非常確定，而且是當下就立刻確定：黛西和我有同樣的感受。因此我直截了當說出口。

「妳知道嗎？那天晚上，我本來打算不理妳，繼續往前走。」

她似乎愣了一下，才理解我在說什麼。但因為她沒有任何表示，於是我又接著往下說。

「那天晚上，我本來打算一直往前走，不想多管閒事，但因為我們擦肩而過的時候，我突然有一種奇怪的感覺，彷彿我們彼此相識。妳明白我的意思嗎？」

她似乎並不懂，但仍專心聽我說話。

「妳知道嗎？我不是那種人——路見不平、拔刀相助根本不是我的風格。我沒興趣幫助別人。」

「聽著！」黛西打斷我的話。「我之前已經告訴過你，我不喜歡向人道謝。我們可以結束這個話題了嗎？」

「我不是要妳道謝。我正要解釋，讓妳明白為什麼我當時要停下來幫妳，以及為什麼自從那個時候開始，我每次見到妳都會害怕。」

「你每次見到我都會感到害怕？我做了什麼事情讓你……」

「妳到底要不要聽我說話？我正要把我的想法告訴妳。那天晚上我留下來幫妳，是因為我以為妳是我認識的人。但其實我們素不相識，現在我已經確定這一點。然而除此之外，我還知道——起碼我認為自己知道：我們是同路人，妳和我是一樣的，我很確定。我們對事物有相同的看法，雖然我們在不同的地方長大，卻有相同的體驗。」

我不經思索的吐出這些話，彷彿是從別人口中說出來。儘管聽起來絕望又帶著憤怒，然而這都是實話，而且我第一次遇見黛西的那個晚上就想說了。不過，當這些話從我嘴裡說出時，聽起來卻非常可笑。

起碼對我而言非常可笑。

黛西只回答一句：「你要不要吃薯條？我們買一包來平分，如何？」

薯條很好吃。雖然黛西加了很多鹽和醋，但起碼吃薯條可以填補我們無話可聊的空檔，讓我不會那麼尷尬。

「不好意思，我剛才說了那些話。」我小聲的說，並且將一根薯條塞進嘴裡。「我也不知道自己為什麼會這樣，反正我就是有那種想法，但又不知道應該怎麼處理這樣的念頭。」

黛西沒有針對我說的話多加批判——一句話都沒說，讓我覺得自己肯定猜錯了。然而，當她從撒滿鹽巴的紙盒拿出最後一根薯條時，終於又開口了。

「你沒有什麼好道歉的。我知道那很辛苦。」

「什麼意思？」我有點困惑。

「我在學校裡聽見別人提到你的事。呃，我是說，我不小心聽到的。」

我沒有大驚小怪，只問了一句：「喔？哪方面的事？」

「關於你住在育幼院的事。你已經在育幼院裡住了很多年，你還有一個弟弟和一個妹妹。」

「喔。是啊。」

「聽著，我不想把這種事情看得太嚴重。事實上，我根本不想討論這個話題。可是我懂，我真的懂。我知道無法與自己的爸媽住在一起是什麼感覺。」

她這番話讓我十分意外，沒想到我真的猜中了。但是她語氣中的哀傷，害我萌生一種罪惡感，覺得自己不應該硬揭她的瘡疤。

「我不是故意要提起這個話題，妳忘掉我說的話吧！這種事情根本不值得我們多提。提到我的爸媽，我真希望他們已經死了。」

黛西吸了一下鼻子，然後把裝著條的紙盒丟進垃圾桶裡。

「比利，這就是問題所在，因為我爸媽真的已經死了。」

她翻翻自己的口袋，掏出一把零錢，算完總金額之後便嘆了一口氣。

「你身上還有沒有錢？」黛西問我。「我想嗨一下。」

12

星期五晚上的「怪胎出巡秀」向來不值得期待，起碼對我而言是如此。畢竟被帶到外面供一般民眾觀賞，我一點都不覺得好玩，偏偏這是我們每個星期被迫忍受的儀式。

那些爛人保護官總認為全體院童一起出遊是件好事，因為這表示我們是一家人。你聽過這種可笑的鬼話嗎？

哪個家庭會有十個孩子外加四個保護官？

哪個家庭出門去看電影的時候，會搭乘小型巴士前往電影院？

從我們一出現，別人就會開始盯著我們看，因為我們這群人並非一臉聰明相，而且總是吵吵鬧鬧。有些家長一看見我們，就會馬上把自己的孩子拉到一旁。我發誓，有一次我們去游泳，我們的腳趾頭才剛剛沾到水，好幾個孩子就已經立刻從游泳池爬上岸，彷彿我們有傳染病。

好幾次我都因為無法忍受這種羞辱，故意在星期五下午偷跑出去，如此一來，那些爛人保護官就會罰我禁足。雖然獨自留在育幼院確實很無聊，但起碼不會有人來吵我。

這麼做唯一的問題，就是雙胞胎。因為每次只要我被禁足，雙胞胎就會不高興。如果他們為了陪我而留在育幼院裡，上校就會責備我，說我毀了雙胞胎的星期五之夜。

所以，大部分的時候，我還是會乖乖跟大家一起出門，並且期望不要遇見認識的人。

星期五晚上去哪裡，由當天值班的保護官決定。聰明的保護官會選擇讓大家去看電影。理由很簡單：首先，電影院是封閉的空間，大家比較不會亂跑；其次，他們可以休息兩個小時左右，不需和我們交談。

但是新來的菜鳥保護官會做出一些糟糕的決定，比方說：帶我們去玩雷射槍戰。我的意思是，就算我不聰明，也知道把槍交給一群憤怒的孩子不是好主意。這對我們來說當然沒差，但對於遊戲場裡那些有幸福家庭的孩子可就倒楣了，因為他們會被我們嚇壞。

最糟糕的一次星期五之夜，發生在我和黛西開始變成朋友之後。雖然我們並沒有成天混在一起，但偶爾也會利用放學後的時間一同在鎮上閒晃，看看有沒有哪家商店願意賣酒給我們。

某個星期五晚上，她提議我們出去走走。當我告訴她，我必須參加育幼院的「怪胎出巡秀」時，她馬上板起臉來。

「我想不出還有什麼事情比這種活動更無聊。你為什麼不開溜？鎮上有樂團表演，我敢說我們可以輕而易舉的偷溜進去聽。」

我思考了一會兒，但實在不想看見雙胞胎失望的表情。我本來還擔心黛西會突然表示要來參加我們的「怪胎出巡秀」，但她只是聳聳肩，低聲說了一句：「算了，無所謂」，然後就不再提這件事。

那個晚上的活動是打保齡球。在前往保齡球館的途中，大家都非常安靜，因為帶隊的保護官是朗尼。

朗尼還帶了兩名工讀生。雖然經常有工讀生來育幼院幫忙，不過這兩個笨蛋是生面孔。他們是典型的工讀生——臉上帶著微笑、嘗試討好我們，而且全身上下一無是處。當我看見他們跟著我們一同上車時，我知道這個晚上一定會無聊透頂。他們在車上故意博取我們的好感，故意在那些年紀較小的孩子面前裝笨。那些小傢伙也只能一直傻笑，因為不知道應該如何回應。

但是當我們一抵達保齡球館，這兩名工讀生就束手無策了。

平常的狀況是：

朗尼先停好小型巴士。

朗尼轉頭告訴大家要遵守規矩。

朗尼再三要求大家遵守規矩。

朗尼特別提醒比利要遵守規矩。

等到朗尼三令五申交代完所有事情，車門才可以打開，讓我們這群人像活屍一樣排隊走進保齡球館。

不幸的是，朗尼才剛停好車，其中一名工讀生就犯下致命的錯誤：打開車門。大夥兒在朗尼還來不及叫住我們之前，一溜煙的全部衝下車去。

從那一刻起，當晚的活動就開始走樣了。

朗尼發現自己不僅得照料十個育幼院院童，還外帶兩名工讀生。然而從我的角度來看，那兩名工讀生比我們還要麻煩。

他們花了二十分鐘才讓我們集合完畢，然後又花了十五分鐘讓我們穿上保齡球鞋。朗尼試著扮演牧羊人的角色，教導兩隻工讀狗看管我們這群羊，但我認為他應該比較想直接扭住我們的耳朵。

最後我們被安排前往兩條保齡球道。旁邊球道有幾個十八、九歲的年輕人，但他們似乎被我們嚇到了。我瞥視他們一眼，覺得他們好像把打保齡球這件事看得太認真了。

你應該明白我的意思吧？他們在拿球之前會先站立三十秒，並且把手擦乾，然後以一種可笑的姿勢將球端到鼻尖前，彷彿想對球說悄悄話，吩咐它們打倒幾支球瓶。

通常，假如這些人搞了半天之後只擊倒一、兩支球瓶，我就會在一旁哈哈大笑，引來旁人側目。

這些人如果打出全倒，就會馬上開心大叫，忘了自己只不過是把保齡球丟到球道上，還自以為拿到了世界盃冠軍。這些人會手舞足蹈、歡天喜地，然後我們就會模仿他們的蠢樣子，就算我們洗溝也照樣模仿他們開心的模樣。

這些人試著不理我們，朗尼也想盡辦法要我們安靜下來，但是光靠他自己一人，實在無法管住我們十個。

當查爾斯．溫德斯拿走他們的保齡球時，雙方的戰火終於點燃。我不知道查爾斯到底知不知道那顆球是別人的，但他一向傻呼呼的，就算他知道，大概也毫不在乎。

然而不知道什麼原因，查爾斯明知自己拿走那顆球之後會惹火對方，可是他就喜歡這樣的後果。

查爾斯把球拿到鼻尖處，以輕盈的腳步走到球道前，沒發現某個傢伙已經來到他身後。當查爾斯準備擲球時，手往後方一擺，保齡球就不偏不倚打中後面那傢伙的肚子，宛如低俗鬧劇的情節。站在另一條球道上的年輕人見狀，立刻跑了過來，並且大聲要求查爾斯放下球。

查爾斯當然不肯照辦，反而跑到保齡球道上，離球瓶不遠處。他用力擲出保齡球，但不是用滾的，而是像打板球一樣的方式砸出去。不騙你，那一球撞擊在球瓶上發出的聲音震耳欲聾，全場的人都停止手邊的動作，往我們這邊看。

查爾斯相當得意，他以月球漫步的舞步退回來，還將手舉得高高的，想與那個被他打中肚子的傢伙擊掌，結果那個人氣憤的推了查爾斯一把。

查爾斯被這個舉動激怒了。我以前在育幼院裡看過查爾斯發飆，其實我本人就和他打過好幾次架，因此知道他只要生起氣來就沒完沒了。

查爾斯往那傢伙身上撲去。那個人的身高大約一百八十三公分，體重至少是查爾斯的兩倍，沒想到竟然被查爾斯推倒在地，任憑查爾斯揮拳攻擊。

我從未看過朗尼跑得那麼快，但是我不確定他要往哪裡跑——跑去阻止查爾斯，或者阻擋對方的朋友衝過來助陣。

結果他跑向查爾斯，一把拉開他，並且站在查爾斯和那群憤怒的傢伙中間。他高舉雙手表示自己的誠意，連忙向那些人說明情況。

「朋友，朋友，不好意思，請聽我說，讓我解釋一下。他不懂……」

朗尼的手一舉高，當然就放開了查爾斯。查爾斯趁機繞過朗尼，衝向那群年輕人繼續開攻，拳打腳踢。

兩名工讀生這時才跑過來拉住查爾斯，將他拖到安全的地方。

我們其他人不知道應該怎麼辦。幾個年紀較小的孩子覺得這是他們這輩子見過最刺激的場面，希望查爾斯繼續出手攻擊；我只忙著護住雙胞胎，以免大家開始打群架時不小心傷了弟妹。

兩名工讀生把查爾斯壓倒在地板上時，朗尼急忙從口袋裡拿出他的證件，宛如警察一般。

我討厭他亮出證件這招。育幼院裡其他院童可能沒有注意過朗尼這個動作，但是我已經看過太多次了。每當場面變得無法收拾，或者是他覺得不好意思時，就會趕緊掏出他的保護官證件。

朗尼的保護官證件讓他成為照顧一群怪孩子的聖人。那群年輕人一面好奇的看著他的證件，一面聽他講述我們這些怪孩子的悲慘人生。聽完之後，他們原本的怒氣馬上變成了同情。

不過查爾斯的怒火還在燃燒，那兩名工讀生從未見識過這麼失控的孩子，也沒有體驗過被這麼多人圍觀的感覺。看熱鬧的人都覺得這場面很有趣，就和車禍現場的旁觀者一樣。

「看什麼看！」查爾斯大吼。他的雙手被壓制於胸前，彷彿被套上精神病患的束縛衣。「你們幹麼一直看著我？」他緊繃著臉，試圖用各種方法擺脫那兩名工讀生的壓制。只要是明眼人都看得出來，他的情緒愈來愈惡化。

接著發生了一件我從來沒見過的事，而且我也不想再看見一次：查爾斯為了脫身，竟然張開口咬了工讀生的手，並且發出狗吠聲。那名工讀生被嚇到，急忙甩開查爾斯的嘴，然後又繼續壓制住他。

「不准咬我！」那名工讀生怒斥查爾斯。「我在幫你的忙！你大概不會咬自己吧，所以你也不准咬我！」

由於查爾斯已經完全失去理智，因此我萬萬沒有想到他會把那名工讀生的話聽進去。更令我驚訝的是，他果真按照那名工讀生的話去做，開始狠狠咬自己的手臂。

我不知道他為什麼要這麼做，也許是因為圍觀的人太多，也許是因為他和那兩名工讀生不熟，也許是因為他害怕。然而當他咬住自己的手臂之後，似乎就不打算鬆口了。

圍觀的人彷彿不想看見這種畫面，有些大人急忙帶開小孩，有些人則因為受到驚嚇而轉過身去。朗尼這時候跑了過來，請大家退開，有些人馬上乖乖照辦。

我看見查爾斯還一直咬著自己的手臂，他的臉因憤怒而扭曲。

被保護官壓制是世界上最糟糕的事，甚至比被警察逮捕還要糟，因為你被警察逮捕時，雙手還是可以稍微活動一下，而且雙腳是自由的；但如果你被兩名彪形大漢壓倒在地板上，無論你怎麼努力，你的手腳都無法動彈。

有時候我會假裝冷靜下來，等他們稍微一鬆開手，就馬上掙脫，可是我從來不曾像查爾斯那樣傷害自己。

我把雙胞胎拉進懷中，不讓他們看見這個畫面，同時觀察朗尼如何處理這種情況。只不過，朗尼一接手只讓局面變得更難收拾。

他彎下腰，摸摸查爾斯的頭，並且小聲的在查爾斯耳邊叫他冷靜下來。

可是他說的話對查爾斯不管用——只對其中一位工讀生有效，因為我看見那個工讀生流下兩行清淚。

我們不常看見那些爛人保護官掉眼淚。某些院童搬走的時候，我們確實看過保護官流下虛情假意的眼淚，但那種眼淚與此刻的情況截然不同。這個工讀生是情不自禁的落淚，他自己也明白這一點，而且他無法伸手擦掉眼淚，因為他怕鬆手之後查爾斯會給他一拳。

這時朗尼伸出援手，和那名掉眼淚的工讀生互換位置，由他壓住查爾斯的手，並且讓查爾斯從地上站起來。由於查爾斯被迫改變姿勢，因此不得不鬆口放開自己的手臂。查爾斯移開嘴巴時，我看見他手臂上有深深的咬痕，他的皮膚甚至已經被咬破並滲血。

緊張又尷尬的朗尼，趕緊帶著仍處於憤怒狀態的查爾斯往保齡球館出口走去，還不忘在查爾斯耳邊小聲安撫他的情緒。

我環顧其他院童，大夥兒都一臉驚慌，有些人甚至哭了。他們一心只想趕快回到小型巴士上，返回安全的育幼院，然而那兩名工讀生還愣在一旁，似乎不打算帶我們離開，因此我別無選擇。

「好了！」我大聲的說。「大家放聰明一點，快點收一收東西，回到小巴士上。」

幾分鐘後，我們都已經坐在小型巴士了。每個人都安安靜靜，驚魂未定，希望朗尼和查爾斯也能快點上車。

13

雖然多了黛西作伴，上學並沒有因此變得有趣，但至少不再那麼令人無法忍受了。可能是因為我知道有人和我一樣認為學校無用，心裡多少感到安慰；也或許是因為我知道自己不再是學校裡唯一的育幼院院童。我不知道到底是什麼原因，連自己也不明白。

坦白說，雖然黛西的穿著打扮很醜，但我終究還是全年級最失敗的傢伙。黛西以一種很討人厭的方式混進人群——她從不光明正大的走在走廊上，而是用一種宛如鬼魅的方式飄移。每次她進入教室的時候，我發誓教室門甚至連開都沒開一下，不會有人注意到她，她就喜歡這樣。

然而這並不表示她漫不經心。她會隨時隨地留意周遭的一切，而且她很喜歡觀察別人。她的眼光極為銳利，幾乎會把人嚇跑。

我現在開始期待著下課時間到來。以前我會在自己一個人在校園裡閒晃，順便找人挑釁，但現在有黛西陪伴，我們兩人會光明正大的在人群中談天，嘲笑其他人的膚淺無知。

女同學的話題總離不開男孩子或穿著打扮，行為大膽一點的女生還會分享她們週末跑去夜店玩的經驗；男同學的話題則一定是足球或女孩子，絕對不會有別的事情可聊。套用一句他們的口頭禪：「不然咧？」

這些人與我格格不入。他們的說話方式，以及他們說話時提到的家人，都離我非常遙遠。至少我無法想像，他們得和我一樣，設法讓自己的弟弟妹妹遠離酒鬼老媽的魔掌。但是我既不嫉妒他們，也不羨慕。我不認為嫉妒或羨慕有任何實質意義。

有時候我會在一旁偷看黛西的反應。黛西會坐著觀察別人，並且在某些蠢女孩提到母親週末要帶她們去買新衣服時，露出一抹輕蔑的笑意。黛西看別人的目光十分專注，彷彿要把每一秒的畫面都儲存在自己腦中，將它們變成連續的圖像。

「妳為什麼對別人那麼感興趣？」

黛西聳聳肩，但是我知道她心裡有明確的答案。

「大概是因為觀察別人就像看電影一樣吧。」黛西回答。

「所以這是妳的興趣嘍？妳喜歡看電影？」

「我當然喜歡看電影。」她的眼睛突然亮了起來。「如果可以的話，我願意一整天都待在電影院裡。無論放映什麼片子，我都照單全收。」

「我對電影沒有特別的感覺。我不想看喜劇片，因為我通常搞不懂大家到底在笑什麼，而且喜劇電影只會讓我想起自己在育幼院裡多麼不開心。至於動作片，我覺得那些招式都是老套，一點也不真實。起碼我揍人的時候不會發出動作片裡那種響亮的聲音。」

「你應該多發揮一點想像力，比利。偶爾讓自己脫離現實兩個小時是件好事。」

「妳在開玩笑嗎？」我笑了出來。「等我花兩個小時看完電影，我房間裡的東西可能已經被別人破壞得差不多了。」

黛西笑著推我一把，並說如果我願意的話，她可以陪我去看電影。然而在我還來不及回答之前，上課鐘聲響了，我們只好匆匆趕去下一堂課的教室。

我和黛西並非每一堂課都在一起，因為她比我聰明。她不是超級用功的學生，但她似乎很清楚怎麼做才不會被人管東管西。

她的表現讓老師們相當滿意，畢竟三十個吵吵鬧鬧的學生當中，總是保持安靜的那一個，絕對不可能惹老師生氣，不是嗎？正如我剛才所說，黛西希望自己在學校裡有如鬼魅般不受注意，這一點她做得相當成功。

直到有一次她上卡瑞克老師的課遲到。卡瑞克老師上課的方式，就和朗尼管理育幼院的作風一樣，我一度懷疑他們兩人是不是有親戚關係，或者是出自同一間實驗室的產品。他們討人厭的程度都超乎想像，老是喜歡找學生和育幼院院童的麻煩。

卡瑞克老師是全校唯一有專屬教室的老師，其他老師都得依指導年級到不同教室上課，但卡瑞克老師不需要。他的專屬教室在副校長辦公室旁邊，而且在沒課的時候會上鎖。

因此，我們上地理課的時候必須先在教室外的牆邊排隊，等待門鎖打開。然後卡瑞克老師會對大家說：「各位同學午安，請就座。我想我應該不需要提醒你們，每個座位都已經編號，也保持得乾乾淨淨，請你們按照號碼坐下，並且在離開教室時，讓教室保持原本一塵不染的狀態。」

教室確實非常乾淨，乾淨到幾乎變態的程度。垃圾桶裡沒有垃圾，牆壁上沒有張貼任何海報，桌子底下也沒有口香糖。有一次，卡瑞克老師逮到一個同學打算在桌底下黏口香糖，就罰他留校勞動服務，叫他把黏在全校桌椅下的口香糖都清理乾淨。我猜，等那個同學將全校桌椅的口香糖渣清除完畢，大概已經二十五歲了。

從學期一開始，卡瑞克老師就會指定每個人的座位。大家的座位順序是依照姓氏字母排列，這表示我的運氣很好，因為我剛好可以坐在黛西旁邊，而且座位是在教室中段。每個人的桌子和椅子編號相同，桌椅成套。

卡瑞克老師似乎第一眼就不喜歡黛西，也許是因為她在學期中才轉學進來，卡瑞克老師必須為她重新排列大家的座位。卡瑞克老師絕對無法忍受姓氏第一個字母為H的黛西．休頓坐在姓氏第一個字母為T的彼德．譚納旁邊，這會讓他情緒失控。

我不知道黛西是否發現卡瑞克老師討厭她，總之她就是默默來上課，和她在其他課堂的表現一樣。直到那天，黛西來上地理課的時候晚了十五分鐘。

我不知道她去了哪裡，因為早上點名時間我還看見她，接著我們就去上不同的課。地理課上課時她沒出現，我還以為她去看牙醫或者身體不舒服，不禁擔心自己接下來該如何打發這堂課。

黛西出現在教室門口時，樣子看起來很糟——不像是去看了牙醫，比較像動了一場大手術。她的臉色蒼白，走路的腳步孱弱不穩，彷彿每走一步路都得小心翼翼。

黛西沒有看卡瑞克老師，直接走到她的座位。卡瑞克老師等黛西坐下之後才開始發飆。

「午安，休頓同學，謝謝妳來上課。現在能不能請妳到教室前面來？」

我看得出來，卡瑞克老師的命令讓黛西抖了一下，因為要她站在全班面前，無異於要她下地獄。三十雙眼睛盯著她，大家都暗自慶幸接下來的事情不是發生在自己身上。

黛西慢吞吞的走到教室前面，面對著卡瑞克老師，背向著我們其他人。

「請妳轉身。」

「什麼？」黛西小聲的問。她的聲音小到無法傳至教室後方。

「我說，請妳轉身面對全班同學。」

黛西一轉過身子就馬上低頭，垂落的髮絲遮住她大半張臉。

卡瑞克老師將身子往後靠在椅背上，雙手扣在後腦勺。

「能不能請妳向全班同學解釋一下，為什麼妳上課遲到？畢竟他們二十九個人，加上我一共三十個人，全都準時進教室。」

卡瑞克老師的話語迴盪在空中，黛西的頭始終垂得低低的。

「如何？」卡瑞克老師問。「一定有個理由吧。妳總不可能在上了六個星期的課之後，突然忘記教室在什麼地方。除此之外，由於妳遲到，所以全班等會兒必須留下來陪妳補課，看在這一點的分上，我想妳起碼應該向他們說明一下自己遲到的原因。」

其餘二十八個同學馬上發出哀嚎聲，讓我忍不住怒火中燒。黛西現在成了全班注目的焦點，我不知道她會有什麼樣的反應。

她到底要如何應對這種場面呢？

她什麼都沒做，只是動也不動的站著，任憑時間一分一秒過去。我可以感覺到教室裡的氣氛愈來愈緊繃，溫度似乎也愈升愈高，大家彷彿恨不得拿飛鏢射死她。

卡瑞克老師彷彿已經下定決心盡情羞辱黛西。他走到黛西身旁，開始在黛西耳邊說話。「已經過了三分鐘，休頓同學，別忘了還得加上妳遲到的十五分鐘。妳準備好向大家解釋了嗎？」

黛西仍舊什麼話都不說。我看得出來卡瑞克老師終於生氣了，他即將爆發。「假如妳不想告訴我們妳遲到的原因，或許妳可以分享一下，妳覺得自己可以享受這種特權的理由。」卡瑞克老師盯著黛西，而且我還發現他看了一下黛西的穿著。「妳和班上其他同學有什麼不一樣的地方嗎？」

全班都毫不掩飾的發出竊笑，也無視我惡狠狠瞪向他們的目光。卡瑞克老師沒打算停止攻勢，他一點一滴加強火力，全班同學更是樂於幫腔。

正當我全身血液沸騰、準備大爆發之際，瞥見了黛西的表情。雖然我只是透過她垂在臉前的髮絲匆匆瞥視一眼，但我看得出來她要我冷靜，因為就算我現在衝上去掐死卡瑞克老師也無濟於事。因此，儘管我不情不願，也只能照著黛西的意思去做。

過了至少五分鐘，卡瑞克老師才讓黛西回座位，並且告訴全班：下課鐘響後，大家必須多待二十分鐘。

「這次就當成是一個警告，因為我無法容忍學生上課遲到！每次你們到這間教室來，這裡一定會提供讓你們好好學習的環境。我對你們的要求也一樣，希望你們準備好來上課的心。如果哪天你們走進教室，卻發現這間教室還沒準備好讓你們學習，就表示這堂課已經結束了，你們可以馬上回家！」

卡瑞克老師結束說教之後，又坐回椅子上繼續批改作業。

處罰結束後，大家爭先恐後的跑出教室，大部分的人在離開前還不忘對黛西投以憤怒或鄙夷的眼光。

我氣得猛然起身，椅子被我撞倒在地板上。要不是卡瑞克那個糟老頭叫住我，我一定會衝出去隨便找人發洩怒氣。

「芬恩同學，無論你打算做什麼，請你先離開這間教室或這所學校，我不許任何人在我面前打架。」

在黛西的安撫下，我們平心靜氣的走出校園，並看著其他學生迫不及待的跑回家。然而我一點也不急，因為在回育幼院之前，我還有點事情要處理。

「妳還好吧？」我問黛西。她臉上依舊沒有一絲血色。

她緩緩點頭。「我只是心情有點糟。」

「別把他說的話放在心上，他是個控制狂。」

我們慢慢往校門走去。經過老師專用的停車場時，我突然萌生一個壞念頭。

「喂！幫我把風！我馬上回來。」

我將身子伏低，躲到第一排車子的後面。我總會刻意記住哪個老師開哪一輛車，理由很簡單，就是為了在發生類似今天這種情況時可以派上用場，讓我小小報復一下。我一下子就找到了卡瑞克老師的車，他的車顯然是全校最乾淨的一輛，但絕對不是最新的車。我上下打量這輛車，心裡想著要從哪裡著手。我可以從天線開始，天線很容易折彎。我小心翼翼不將它折斷，只使出恰到好處的力量讓天線彎曲變形。我不確定還有沒有足夠的時間讓我戳破兩個輪胎，因為每次一到放學時間，老師們也和學生一樣想趕著回家。我決定在駕駛座那側劃出一道長長的刮痕，然後帶著笑容跑回去找黛西，並摳掉殘留在我鑰匙上的黃色烤漆。

我替黛西出氣的英雄行徑並沒有讓她開心一點，坦白說，我也不覺得這麼做就算成功報復，畢竟他在全班面前羞辱黛西，但他被我惡搞的車子只有他自己看得見。不行，我得再好好思考一下。現在距離學期末只剩短短幾天，我知道我的腦子必須轉快一點。

對了，接下來要放長假，正好可以派上用場，但是我得分幾次才能完成這項任務。這學期最後一個星期五下午，我和黛西離開學校的時候，我的臉上止不住笑意，而且我的笑容與假期的來臨毫無關係。

假期結束後的第一個星期一早上九點半，當我們在卡瑞克老師的專屬教室門外排隊時，大家在走廊上就已經察覺有些地方不太對勁。同學們還是和往常一樣排成一列，只不過每個人的嘴裡都問著同樣的問題：「那是什麼味道？」

卡瑞克老師從走廊那頭走過來時，也問了同樣的問題。但是他光是提問還不夠，非得繼續說教一番不可。

「各位同學早安。我相信大家在放假期間都已經充分養精蓄銳，準備在新的星期好好上課。每個人應該都知道自己的座位在什麼地方，請盡快就座並且準備開始上課。」

卡瑞克老師一邊說，一邊將鑰匙插入門鎖。這時他突然聞到某種味道，於是停止動作，轉過身來面對我們。

「那是什麼味道？假如你們書包裡放了什麼違禁品，我希望你們不要帶進教室裡。各位聽懂了嗎？」

當他再度將注意力轉回門把上時，我忍不住偷偷對黛西說：「馬上有好戲看了，妳待會兒注意我的指示，並且見機行事，知道嗎？」

「什麼意思？」她無聲的問我，但我來不及向她解釋，我和黛西就已經走到卡瑞克老師面前。卡瑞克老師在門邊計算走進教室的學生人數。

當半數同學進入教室之後，隊伍突然停了下來，而且那股味道變得非常強烈。

卡瑞克老師露出慌張的神色，開始檢查隊伍中的人，試圖找出氣味是從誰的書包裡傳出來。

「前進啊！前進啊！」他大喊。「走進教室有那麼困難嗎？你們該不會連自己的座位都不記得了吧？」

但是沒有人移動。卡瑞克老師火大了，把擋在他前面的學生推開，大步走進教室。有趣的部分來了：他發現教室裡排列整齊的桌椅不見了，只剩下一座堆成有如小山一般的木材與金屬——除了兩套桌椅之外，其餘的桌子和椅子都被推在教室正中央，以亂七八糟的方式堆疊在一起。我必須承認，我覺得桌椅疊成這副模樣看起來比原本的更棒！堆疊的方式毫無秩序，也沒有對稱性或邏輯性可言，總之就是一團亂。

全班同學圍著那堆桌椅，每個人都因為驚訝而張大嘴巴。如果不是因為教室裡的那股味道太濃烈，可能會有更多人發出大笑。大家環顧四周，用力嗅聞，想要辨別那到底是什麼氣味，以及味道究竟從哪裡傳出來。

卡瑞克老師開始在這間他心愛的教室搜尋蛛絲馬跡，我則希望自己可以狠狠踢碎他的臉。卡瑞克老師一下子就發現味道的來源，他的頭左右轉動，視線焦點先從氣味的來源轉到那堆桌椅，然後又從桌椅轉回到氣味來源。當他發現自己井然有序的小世界全然崩壞的瞬間，我幾乎可以聽見他理智斷線的聲音。

這場大混亂終於讓黛西展露笑顏。

「你真是個天才，比利・芬恩，你是個天才。」黛西在我耳邊小聲的說。「你剛才說有好戲看，我還真沒想到會是這種情況。」

「因為我深藏不露啊！」我笑著回答。「不然妳以為我做了什麼？在門把上吐口水之類的小事？」

「對啊，這一類的。」

「哈，其實我也吐了口水在門把上。」要強忍住笑意真的很難。「可是我覺得我們應該多回敬卡瑞克老師一些。看著，妳跟我過來。」

我帶著黛西繞過那些仍在竊笑並覺得噁心的同學，來到沒有被移動的那兩套桌椅旁。那兩套桌椅正好是我和黛西的座位。

我們安靜的打開書包的拉鍊，拿出作業簿和筆，將它們整整齊齊的放在桌上。

「那臭味也是你的傑作，對吧？」黛西小聲的問。

「對。」我回答。「妳有沒有看見卡瑞克老師講桌旁邊的通風口？我放了六片鯖魚在裡面──」我故意戲劇化的看了一下手錶上的日期。「──嗯，那些鯖魚應該都已經臭掉了喔，因為我是放假之前的那個星期五擺進去的。」

黛西聽見這句話的反應，讓我以為她會從椅子上摔下來。「你是開玩笑的吧？你怎麼進來的？這間教室在卡瑞克老師的監管下固若金湯。」

「放假前的最後一天，我從祕書辦公室偷了鑰匙。我故意假裝可憐，請祕書多給我幾張午餐餐券，她一轉身去拿，我就摸走了鑰匙，就這麼簡單。」

「太棒了。」黛西笑著說。「搬動這些桌椅，是不是花了你很多時間？」

「還好。我等到大家都放學離開、學校清潔工也打掃完畢，才開始動工，因此就算我發出巨大的聲響也無所謂。」

我們兩人乖巧的坐在位子上，冷眼看著教室裡亂七八糟的景況。

卡瑞克老師不知道應該怎麼辦才好。一開始他試著拉動幾張桌子的桌腳，以為可以靠自己解決，但是當那堆桌椅開始崩塌時，他嚇得大吼一聲，急忙叫大家躲到教室牆邊。

我覺得躲在卡瑞克老師講桌旁通風口的那個同學很可憐，但是他的反射動作至高無價。

「我的天啊！老師！」那個同學哀嚎了一聲。「是不是有什麼東西死在你的抽屜裡啊？」

卡瑞克老師一個箭步衝到講桌旁，看起來似乎要吐了。但是當他打開抽屜並發現裡面空無一物時，當然大大鬆了一口氣。

他滿臉通紅，全身是汗，顯然已經束手無策。這時他看見我和黛西端正的坐在自己的座位上，將課本打開擺放在面前的桌上。

「休頓同學、芬恩同學。」卡瑞克老師頓時暴怒。「到教室外面，我有話問你們！」

我慢慢的從座位站起身，將桌上的東西收回書包。

「老師，對不起，但這間教室顯然還沒準備好讓我們開始上課，我猜這應該表示今天的課已經結束了吧?我們是不是可以離開,好讓您把教室整理乾淨?我猜下一班的學生大概也不會喜歡這間教室現在的模樣吧?」

我把書包甩到肩膀上,站在座位旁等黛西走到我前方。我們兩個人慢慢走到教室門口,其他同學也馬上排成一列跟在我們身後。我們故意大聲走到教室外的走廊上,並且從副校長辦公室前走過,前往校園。

我忍不住從窗外偷看卡瑞克老師那間一片混亂的教室,但無法得知到底是卡瑞克老師比較生氣,抑或是副校長?副校長正在痛罵卡瑞克老師讓學生隨隨便便離開教室。

能夠報復爛人的感覺真好,無論是在育幼院或是在學校。當我和黛西往校門口走去時,我們都知道這件事情將會在學校裡流傳好幾個月。

14

房間門外的嘻笑聲，破壞了原本該有的驚喜。

其實我已經起床了。就算今天是我的生日，我也像平常一樣早起，但是為了不破壞雙胞胎的興致，我強迫自己閉著眼睛，讓他們慢慢走到我的床邊。

我聽見他們把東西放在我床邊小桌子上所發出的聲響，接著是他們跳坐到我身上時吞吐過的空氣聲。

「比利，生日快樂！」莉絲坐在我背上大聲的說。路易顯然對他們要送我的生日禮物很感興趣，已經迫不及待要替我打開。

我笑著將他們拉到我身旁。身為育幼院的院童，生日根本不值得紀念，也不令人期待。起碼對於長年忍受朗尼的我來說，我一點也不期待生日，更不想記得。我當然很高興收到雙胞胎寫給我的生日卡片，但我真正想收到的卡片卻始終不曾出現過。

「你看！比利，你看！」路易一邊大喊，一邊丟了一大疊信在我臉上。「你看看你收到這麼多張卡片！先打開這一張！這是我和莉絲寫給你的卡片！」

我隨意翻了翻這些卡片，毋需打開信封就知道是誰寫的：路易和莉絲、其他的院童（他們並非自動自發）、那些爛人保護官、朗尼（我永遠都不明白為什麼他要浪費時間寫卡片給我），以及彤恩（本月負責照顧我的社工人員）。另外還有一張字跡端正的卡片，被我馬上藏到枕頭底下，準備待會兒再讀。

「謝謝你們，我很高興。」我看見雙胞胎在信封上寫著「全世界最好的哥哥」時，勉強露出一絲微笑。一想到這可能是他們最後一次陪我過生日，我就覺得自己快被撕裂了。

「比利，快點打開你的禮物。快點啦，打開禮物！打開禮物！」路易興奮得快要失去理智。

「為什麼那麼急？禮物是什麼？」我笑著問他，但其實我很清楚那個以銀色包裝紙包裹的禮物是什麼，因為每年都一樣，路易一直送我同樣的禮物。

我打開包裝紙時，刻意露出路易想看見的笑容。

「足球明星貼紙！」我大喊，並看著他喜悅的表情。「太棒了！謝謝你們！」

這時路易就會將這些貼紙從我手中搶走，以俐落的動作將貼紙當成撲克牌一般在手裡攤開。

「哇！你有杰拉德和克勞奇！他們的貼紙很稀有喔！」

「是嗎？但是我已經有他們兩個人的貼紙了。你可不可以拿別的東西和我交換，自己留下這兩張貼紙呢？」我說了謊。不過，看見路易的笑容，對我而言已是最棒的禮物。

「太棒了！就這麼說定嘍，比利！」他歡呼一聲，就從床上跳下來跑回自己的房間，並且一邊跑一邊撕開第一張貼紙。

莉絲看著我。

「比利，不好意思，今年又送你貼紙。」她皺著眉頭說。「我本來想送你不一樣的禮物，但是路易堅持要貼紙，他還差一點在文具店哭。」

「別這麼說。」我把莉絲摟進懷中。「我喜歡那些貼紙啊，妳知道我喜歡你們送我的任何禮物。」

我看著莉絲身後的床頭櫃，櫃子上貼滿了足球明星貼紙，全是我在育幼院裡的這些年收到的生日禮物。

育幼院的院童不適合擁有真正的禮物，特別是聖誕禮物。

平心而論，那些爛人保護官總是非常盡力，讓每個人都有禮物可拿。大家一起打開禮物的那一刻，簡直就像廉價購物網站的型錄大展，雖然感覺很棒，充滿聖誕節的氣氛，但是我們收到的火車、洋娃娃和腳踏車，全是不耐用的爛東西。而且那些爛人保護官還會不停偷看手錶，想快點換班回家，把很棒的聖誕禮物送給自己的孩子。

朗尼一等到下班時間，就幾乎以衝刺的方式奪門而出，迫不及待想趕回家去，把禮物交給他的寶貝兒子們。

育幼院的院童都心知肚明。我們當然明白那些保護官想回家過節的心情，畢竟誰願意待在這個鬼地方。因此，每年聖誕節下午五點鐘，當那些來接班的保護官抵達育幼院時，迎接他們的總是堆滿流理台的鍋碗瓢盆、散落各處的破爛玩具，以及一大堆等他們填寫的院童違規報告。

去他媽的聖誕節。

在生日當天能收到足球明星貼紙與雙胞胎的擁抱，對我來說已經非常滿足了。

「好了！」我嘆了一口氣，想從床上起身，但是被莉絲阻擋。

「比利，你想去哪裡？」莉絲似乎有點擔心，眼睛睜得大大的。

「當然是去準備早餐啊。如果我再不下樓，上校會鎖住食物儲藏室，這樣一來，我們到午餐時間之前都沒有東西吃喔！」

「你不必準備早餐啦。今天是星期六，我們已經把早餐端來了。」

雙胞胎真的把早餐端上來了，放在我床邊的小桌子上。滿滿一盤食物，裡面有燕麥片、水煮蛋、果汁與酥炸培根三明治。這是我這輩子見過最豐盛的一頓早餐。

「我的天啊！」我不禁驚呼，慶幸自己不必急著下樓去搶食物。「這無疑是你們送我最棒的禮物。」

我把莉絲擁入懷中。如果不是擔心培根會冷掉，我願意一直這樣抱著她。

「他說你一定會很高興。」莉絲開心的表示。「他還說他願意打賭。」

「誰？」我一面吞下一大塊麵包，一面問莉絲。「妳是指路易嗎？」

「不是啦！不是路易。」她笑著回答。「是朗尼。這是朗尼的點子喔！」

我在腦子裡反覆練習，但就是沒辦法說出口。我實在不知道，如果我真的向朗尼感謝他為我準備的生日早餐，場面會有多尷尬。

我的意思是，他為什麼要這麼做？

他為什麼不讓雙胞胎騙我，說是雙胞胎自己想出來的點子？

他為什麼要邀功？

只不過是培根三明治罷了。如果他以為可以用一個三明治來折抵這麼多年來他對我說的謊，他可就大錯特錯了。

反正，朗尼之所以這麼好心，大概只是不希望我又在大家吃早餐的時刻大吵大鬧。在他休假前夕，肯定也不想花力氣把我壓制在餐桌上。我以前也曾在生日的時候鬧事。

我換好衣服時，火氣突然又上來了。其實，朗尼密謀讓安妮帶走雙胞胎，就已經給我充分的理由發飆，就算他讓我在房間裡享用生日早餐，也無法否定他暗藏這個祕密的事實。

我準備走出房間時，突然想起那張被我藏在枕頭底下的卡片。雖然我很想忘記那張卡片的存在，但我知道如果不先將它打開來閱讀，我一定沒辦法若無其事的走下樓。

那張卡片不大，簡單的白色信封上有工整的字跡寫著「比利．芬恩先生收」。我將信封翻到背面，再次猜想裡面會寫些什麼──會不會和去年一樣？或者有些不同？說不定他們已經改變心意，知道自己犯了糟糕的錯誤。我一邊胡思亂想，一邊打開信封，拿出卡片之後迅速瀏覽了內容：

親愛的比利：

希望你一切安好，並且開心慶祝你的十五歲生日。沒想到一轉眼又過了一年，時間過得真快，不是嗎？

我可不這麼認為。我冷笑了一下，不明白她為什麼不直接表明重點。

葛蘭特和我想祝你生日快樂，也希望你明白，雖然我們已經很久沒看到你，可是還是經常想起你。

希望你和雙胞胎諸事順心，並且與朗尼和睦相處。朗尼偶爾會寫信給我們，讓我們知道你的近況——我們很想知道你的日子過得如何。

我們不曉得今年應該送什麼禮物給你比較好，所以決定送你一張禮券，讓你挑選自己喜歡的東西。

祝你生日快樂。

珍與葛蘭特

我從信封裡拿出一張面額為十英鎊的禮券，然後查看葛蘭特有沒有在卡片上寫些什麼，結果發現他只在珍的名字旁邊簽名，如此而已。他沒有寫下隻字片語，也沒有簡單的問候，只有簽名，毫無疑問是為了應付珍的要求。三年的時間對珍而言也許很漫長，但是對葛蘭特來說顯然還不夠久。

我把卡片丟到房間的角落，不敢相信自己竟然因為這張卡片又作起白日夢。他們當然不會突然改變主意，因為他們早就已經下定決心，不可能現在又轉變念頭。我不是他們想要的那種孩子，我不是他們夢想中的最佳人選。

我把心中的憤恨暫放一旁，走到樓梯口，並且決定不向朗尼道謝。

算朗尼好運，今天早上我們還沒有機會打照面。事實上，我已經起床一個小時都還沒有見到他，我猜他可能休假回家去了。

他就是這種人，連留下來對我說聲生日快樂都不肯，虧他以前還自稱是我的「朗尼叔叔」。他八成急著回家去陪他的兩個寶貝兒子，帶他們去踢足球或吃大餐。反正每個人只會對自己的親生孩子好。

隨著午餐時間愈來愈近，我的心情也變得愈來愈糟。雖然今天是我的生日，但也改變不了碰巧是星期六的事實，這表示安妮下午就會將雙胞胎從我身邊帶走。

一想到安妮可以趾高氣揚的帶走雙胞胎，就讓我感到氣憤難耐。於是我從外套口袋裡拿出手機，打電話給黛西。黛西才剛接聽電話，我就感覺有人輕拍我的背。我心裡暗罵一聲倒楣，馬上切斷電話，並且轉過身子。上校雖然全身大汗，但是面帶笑容。

「我的天啊，比利，放輕鬆一點。就算你微笑一下，你的臉也不會因此掉下來吧？」

算他好運，我沒有馬上揍他一拳。事實上，如果不是因為他說完這句話之後馬上往後退一步，我想我可能已經動手了。

「陪我去散散步吧，我有話想對你說。」

這下子我的火氣真的上來了。

「你憑什麼認為我會想聽你說話？你以為你讓我在房間裡吃頓早餐，就表示我願意把你當朋友嗎？」

朗尼露出驚訝的表情。「什麼？別想太多，比利。那頓早餐只不過是開胃菜罷了。我們必須聊一聊，就我們兩個。等我們聊過之後，你的生日才算正式開始。」

「這是什麼意思？」朗尼走開時我大聲的問。

「你馬上就會明白，親愛的比利。你馬上就會明白。快點下樓吧！」

我沒有說話，可是當我默默走在朗尼身後時，我朝著他的背影伸出中指，以表示我的不滿。

15

還好朗尼沒有要我走太遠。我們只走了一、兩分鐘，經過運動場朝著舊車庫的方向而去。朗尼始終眉頭深鎖，這通常表示有人惹了大麻煩。

我們走到老舊的車庫建築前，朗尼指向一張涼椅。

「比利，你到那裡坐下，我們需要談一談。」

「你自己去坐吧。我站著就好。」

如果朗尼以為我會乖乖任由他擺布，他可能得重新思考清楚。

我看見朗尼的肩膀微微一沉，這個動作代表他要開始說話了。

「是關於安妮的事。」朗尼說。「呃，應該說，是關於安妮和雙胞胎的事。」

當我聽見這句話時，體內那股糾結的緊繃感又出現了。

「你知道，安妮這段時間經常來探望雙胞胎，而且已經持續好一陣子了。事實上，已經連續十八個月，中間不曾間斷。彤恩和我，以及其他保護官都認為，安妮確實改變了很多，這是一種值得嘉許的變化。我想你應該也看得出來。」

我盯著朗尼看，他也沒繼續多說什麼，我們兩人就這樣僵著。朗尼現在希望我怎麼做？

要我認同他的說法嗎？

「嗯，我們已經決定，如果一切順利的話，這對於雙胞胎而言是最好的安排。假使你同意，我們甚至可以讓這個計畫加速進行。」

老兄，你該不會是認真的吧？朗尼到底在說什麼鬼話？「加速進行？」我們現在討論的是我的家人，又不是賽車節目！

「育幼院的保護官們已經決定讓安妮與雙胞胎的見面次數增加為每個星期三次，而且她星期六帶雙胞胎出去時，也不再需要受到監督。」

我握緊拳頭，憤怒讓我難以保持平靜。雖然要我忍著不發飆很煎熬，但是我打算讓朗尼比我更加煎熬，我要看著他被自己的謊言壓垮。

「我無法想像這個消息對你而言有多麼難以接受。比利，我知道雙胞胎對你來說有多麼重要。自從審查結束之後，我看得出你非常努力——我們都看得出來——但是我們必須考量什麼才是對雙胞胎最好的決定。他們現在才九歲，伙伴，可是他們已經在這裡住了八年！這段時間對他們來說，真的太長了！你和我一樣清楚這一點。現在是他們的機會，也是安妮的機會。」

「安妮的機會？」我怒斥。「你不覺得她早就已經放棄自己該有的機會了嗎？她十年前有過機會，但是她沒有好好把握！她選擇了尚恩，不是嗎？」尚恩這個名字讓我想吐。「她選擇尚恩，也選擇酗酒。她可以不這樣選擇，但她還是選擇了那條路。那是她的決定，她已經放棄了機會。」

朗尼用一隻手擦擦額頭，另一隻手撥開我指著他的手指。

「比利，人會變的。」

朗尼試著拉住我的手，但是我滿腦子都只想到尚恩。

「每個人都會變，伙伴，難道你不覺得安妮對於自己所犯的錯深感懊悔？她每天早上起床，就得面對三個孩子不在身邊的事實。」

「兩個孩子。」我脫口而出。「她只有兩個孩子。她不是我媽，我不是她的孩子。」

「她永遠是你的母親，比利。」

「當她簽下放棄親權同意書的那一秒，她就已經不再是我的母親了。朗尼，她同意讓珍和葛蘭特收養我！」

「喔，比利，安妮之所以簽下同意書，是因為她覺得這樣的安排對你最好。三年前她的狀況不好，她當時根本無法想像自己今天能夠重新振作。」

「所以呢？她把我當成什麼？」我大吼，但突然發覺自己說太多了，趕緊把目光轉到地上，並試著收回我的怒氣，試著像從前一樣把我的憤怒壓抑下來。

「好啦，朗尼，有話直說！」我咆哮著。「告訴我吧！你們打算什麼時候從我身邊搶走雙胞胎？你們打算什麼時候讓安妮再次虐待他們？」

「我們先不談那麼遠的事。比利，我們還沒有針對這件事訂定時間表，安妮也表示不急。過去這六個月來，她一直在接受專業人士的評估，她去看了醫生、諮商師、社工人員，這些專業人士也持續分析安妮的狀況，以了解她是否真的有能力帶雙胞胎回家。現在我們先讓安妮增加探望雙胞胎的次數，如果她表現良好，雙胞胎也能適應與她相處，接下來我們才會讓雙胞胎嘗試回家過夜，然後再進展到回家度週末。大概還要等一年，雙胞胎才可能完全搬回家。」

「但是也可能提早，不是嗎？」

朗尼點頭時甚至不敢看我的眼睛。

「我不想騙你，比利，但你說得沒錯，時間可能提早。」

我不敢置信的搖搖頭。我很想揍朗尼一頓，或者轉身跑開。我不知道怎麼做比較好，但也不確定自己是否在乎。

「這件事放在你心裡多久了？」我想知道朗尼有沒有膽子告訴我真相。「你在我背後計畫這件事多久了？」

「別把這件事當成某種陰謀，比利。這件事其實已經討論很久了，大概有一年了。」朗尼回答時大概看出了我眼中透露的痛苦，因此他往前走一步，雙手伸向我。「而且我們也一直討論應該在什麼時候告訴你這件事。我們想找個合適的時機。」

我無法置信的搖搖頭。「你們覺得今天是合適的時機？選在我的生日當天告訴我？太棒了，朗尼！太棒了！事實上，你今天還可以答應安妮帶雙胞胎出去玩一整個下午。」我忍不住怒吼。「喔，我忘了，其實你早就答應讓安妮帶雙胞胎出去玩！」

朗尼的表情看起來宛如被我刺了一刀，彷彿他才是這件事情的受害者。

「比利，任何時機對你而言都不適合，對吧？過去這個星期，我一直很想找你討論這件事，但是你最近似乎很快樂，好像找到了方向，所以我不想破壞你的心情。我知道我錯了，伙伴，我現在明白了。」

「你真是個好心人。」

「我曉得你一定相當震驚，比利，我知道你可能會覺得這像是世界末日。然而現在時間還早，相信我，很多事情都可能會有所改變。」

問題是，我不認為任何事會有所改變，因為育幼院的人生就是如此。

「小孩子就應該要有家庭的照顧，這是我的信念，我必須有這樣的信念，因此我選擇了這份工作。請你相信我，我們是為了正確的理由才做出這項決定，因為雙胞胎需要有個家。」

我心想：難道我就不需要有個家嗎？我心裡的火已經熄滅了。

「看，我有一份禮物要送給你，我花了很長的時間準備，我猜你一定會喜歡，而且對你會有所幫助。」

我真不敢相信朗尼竟然會說這種話！他現在才又想起今天是我的生日嗎？他忘了自己剛剛告訴我他打算拆散我和雙胞胎嗎？現在他打算拿冰淇淋和果凍之類的小東西來哄我開心嗎？

「我才不要你的禮物！你聽見了嗎？我什麼都不要！你快回家去吧，朗尼，回去陪你兒子，或者隨便你想做什麼。你該下班了，你不必給我任何東西。我不要你的禮物，我也不想看到你！」

談話到此結束，我無聲的走回育幼院內。雖然溜到外面走走會是一個更棒的點子，而且我也想跑出去玩，但我知道自己不能這麼做，因為安妮再過兩小時就會來接雙胞胎了，雖然機率不大，但萬一她突然沒來，我必須在這裡陪伴雙胞胎。我為了雙胞胎而留下來，畢竟這一切不是他們的錯，全是別人的錯，包括我自己。我也有錯。

16

我拿鑰匙在車門烤漆上刮出一條長長的線時，鑰匙在我手裡微微跳動，但是我很無感，既沒有興奮的感覺，心裡的烏雲也仍徘徊不去。

無論我怎麼看這件事，無論我破壞什麼東西，事實已經是事實，我即將失去雙胞胎。實際上，我早就已經失去他們，失去了一切。

安妮當然準時出現，得意洋洋的接走了雙胞胎。

莉絲早就等得不耐煩，一直把臉貼在窗玻璃上，等安妮一抵達就奔進她懷中。那種有如颶風般狂熱的擁抱，以前是我一個人專屬的。

安妮一抵達，我就準備閃人了。路易一如往常站在我身旁，但是我知道他也想和莉絲一樣，衝上前去擁抱安妮，因此我祝他玩得愉快，然後就上樓回房間去。

我並不打算待在育幼院裡。我把所有的生日卡片塞進口袋裡（除了雙胞胎的卡片之外），拿了外套就從屋後的防火梯溜出去。我一面往下爬，一面傳簡訊。

很幸運的，對方馬上就回覆了。更幸運的是，對方回覆的正是我想要的答案：

十分鐘後在空地見。

我們真的很笨，總是約在空地旁的涼椅碰面，可是我們從未想過應該離空地遠一點，幸好那天晚上和我們打架的年輕人沒再出現過，我們也不覺得他們會再露臉。那塊空地變成我們聚會的地點，放學之後，我們會先去那裡坐坐，有時候也會蹺課溜到那兒去。

自從我們向老傢伙卡瑞克報復之後，已經過了幾個星期。這段時間我們經常蹺課，但是很低調。老師們也沒吭聲——雖然他們一定發現我們缺課。我猜老師們大概很高興教室裡少了兩個麻煩人物。

我們也不是每次蹺課都會溜出校園。偶爾我會帶黛西去體育館後面的舊倉庫，在那裡打發時間。有時候我們會聊天，有時候不會。

其實我們跑去體育館後的舊倉庫也沒有什麼特別的目的。我喜歡黛西，有她陪在我身邊，改變了我喜歡獨處的心態。因為我不必在乎她認為我是什麼樣的人，也不必擔心她只是因為同情我才接近我。

我說話的內容通常很空洞，因為我不太關心新聞，只會聊育幼院的生活和上校。黛西老是聽我談這些事，一定覺得非常無聊。

相反的，黛西似乎懂很多事，包括音樂、書籍，尤其是電影。她告訴我許多聽起來很棒的電影，而且巨細靡遺的分享那些電影內容，讓我覺得自己好像也看過那些影片。事實上，偶爾黛西在分享電影情節時，我會閉上眼睛，在腦中想像那些畫面。當然，我只會在黛西位於房間另一頭的時候才這麼做，因為我不想讓她以為我是個愛打瞌睡的笨蛋。

黛西唯一不肯談的是她自己，她從一開始就不願提及自己住在育幼院的事。雖然她樂於聽我抱怨上校的種種行徑，卻絕口不提和她一起住的那些朋友。更重要的是，她也不肯告訴我她的父母為什麼過世。

然而我一點也不在乎。我當然好奇，但是逼她說出口並沒有任何意義。

我坐在涼椅上，腎上腺素在我的身體裡流竄，我只能無聊的雙膝互敲。我開始擔心黛西會不會爽約了。我不希望她放我鴿子，但是等了十五分鐘，我幾乎要放棄了。這個時候我真希望珍和葛蘭特送我現金，而不是禮券，因為我現在真正需要的是酒精，不是新的文具用品。

正當我準備離開之際，黛西出現了。自從我認識她以來，頭一次看她如此驚惶失措。黛西飛也似的跑來，我看見她嘴裡喃喃自語，還誇張的揮舞雙手。

她跑到我身旁坐下，急忙從包包裡拿出香菸。直到她把香菸叼進嘴裡點燃，才終於開口說話。

「你怎麼了?」

「我和妳一樣。」我試著撐起笑容。「覺得有些人很討厭。」

黛西笑了一下，鼻孔呼出一道煙。但這只是我們之間的小幽默。開過玩笑之後，我們兩人又皺起眉頭。

「妳怎麼這麼晚才來?」我問黛西。「這是我這輩子等過最長的十分鐘。」

「別說了。他們認為我們白天必須待在一起,也不先問問我的意見。那些大人到底是怎麼回事?他們真的覺得我們喜歡和他們一起混嗎?」

我將身子往前傾,因為黛西談到了和她一起住的「朋友」,頓時引起我的興趣。這是她頭一次提及她的生活面,我必須表現出很有興趣聽她說話,同時又不能太好奇。

「他們經常這樣嗎?」我問。

「什麼?」黛西馬上變回她慣有的閃躲態度。

「妳的那些朋友啊?他們喜歡黏著妳?」

「在我可以選擇的情況下,他們不會黏著我。」黛西把頭轉向我,她現在開始專心聊天了。「所以你那邊是什麼情況?上校又找你麻煩?」

「不是。」我小聲的回答,因為我還猶豫著要不要告訴黛西這件事。「今天是我的生日。」

「問題出在哪裡?你應該好好慶祝生日才對,比方說和雙胞胎一起出去玩。」

黛西說得沒錯,可是雙胞胎和安妮出去了。

「對,沒錯。這就是問題所在。」我還來不及思索,就把今天到目前為止發生的一切全都告訴了黛西,包括雙胞胎送朗尼準備的早餐來給我,以及我和朗尼的談話,甚至把安妮打算將雙胞胎接回家的事情全都說出來。雖然把埋藏在心裡的話說出口感覺很棒,然而說完之後我變得更加沮喪。

「這些就是我的生日禮物。」我一面說，一面把塞在口袋裡的卡片拿出來給黛西看。

「起碼你還收到生日賀卡。」黛西表示，並點燃她第二根菸。

「我寧可什麼都沒收到。我的意思是，妳看看這些卡片是誰寫給我的：一群不想看到我的育幼院院童、一票因為薪水才不得不照顧我的大人，還有我每天不停抱怨的朗尼。另外，還有這張卡片。」我將珍和葛蘭特的卡片抽出來，放在那疊卡片的最上方。

「這張卡片是誰寫給你的？」

我遲疑了一秒鐘。「呃，幾年前，我在這對夫妻家裡住了一段時間，結果——後來沒有繼續住下去。」

「為什麼？發生了什麼事？」

「我不知道。」我說了謊。「反正我也不喜歡他們，他們很怪，在他們家必須遵守一大堆可笑的規定，如果我不遵照他們的規定，他們就會生氣。所以後來我放棄了，請我的社工人員把我送回育幼院，讓我和雙胞胎繼續在一起。」這些謊話從我嘴裡說出時，聽起來確實相當可信。

「為什麼他們還會寫生日卡片給你？」

「我也不知道。總之他們是怪人。」

她傾過身子，從我手中拿走卡片。

「我看看他們在卡片裡寫了什麼。他們聽起來真的很怪。」

黛西這句話讓我聽了不太舒服。我可以罵珍和葛蘭特，但是別人不能罵。而且我不希望黛西看見卡片的內容。

「喂！別搶我的東西，那是我的隱私。」

「比利，冷靜一點。」黛西嘟囔了一下，把卡片塞回我的手中。「是因為你說他們很怪，所以我才想看看他們寫些什麼，順便嘲笑他們一下，如此而已。」

「妳去嘲笑別人吧！」我已經受夠了成為別人的笑柄。「妳的打火機借我一下。」

黛西又點燃一根菸，然後才不情不願的把打火機遞給我。她花在點菸的時間比抽菸還長，感覺有點虛耗力氣。

我打開打火機的蓋子時，發現打火機蓋上有模糊的ＪＨ字樣縮寫。這個打火機看起來很舊，大概已經用了非常多年，但看得出來使用者十分小心保養，因此機身亮晶晶的，與黛西的風格很不搭。

我點了打火機，一道火焰隨即在風中竄起。

「沒人送我生日蛋糕。」我撐起一絲假笑。「真可惜，因為我很愛吹蠟燭。」我把手中的生日卡片送進火中，並且確定每張卡片都著了火。我輕輕吹氣助燃，然後將這些開始燃燒的卡片拿到涼椅旁的垃圾桶前。垃圾桶裡還有不少垃圾，讓我頗為開心。

我又用力一吹，再將卡片塞進垃圾桶裡，並且繼續輕輕吹氣，好讓火焰燒得更旺。

坐在涼椅上的黛西也靠了過來，讓火焰溫暖她的臉頰。她把雙腳放到涼椅上，縮起身子擋風，並且再一次注視著我。

「你晚上要做什麼？今天是你的生日，不是嗎？」

「大概和平常一樣。」我嘆了一口氣。「躺在床上看星星。」

黛西看著我的眼神，彷彿我是神經病。

「你房間的天花板有洞嗎？你應該告訴社工人員，請他們幫你補好天花板的洞。」

這句話把我逗笑了。我告訴黛西，我房間的天花板上貼著許多已經不再發亮的星星貼紙。與她分享這些事，讓我的心情變得輕鬆。雖然這不是那種生日當天應該感受的歡樂，但起碼是好的開始。

我們坐在涼椅上看著垃圾桶的火焰，但是過了幾分鐘，就聽見警車的警鈴聲傳來。一開始我們並不想理會，以為是哪家酒吧有人鬧事，等到我們看見警車朝我們靠近，才發現警察是來找我們。

「大概有人看見我們點火，所以跑去報警了。」黛西說。「你想和警察聊天嗎？」

「不太想。」我一面回答一面轉身。「我們快跑吧！」

然後我們就像傻瓜一樣，哈哈大笑的跑開。

17

我從防火梯爬回房間時，已經有點暈頭轉向，但我不太確定是因為喝了酒的緣故，還是因為我和黛西談天說笑太過開心。

我必須承認，在我去跳竿酒吧之前，從來不曾這樣喝過酒。我們為了甩掉警察，從空地跑開之後就躲進小巷，一口氣跑了好幾分鐘，直到確定警察沒有跟上來才敢停下腳步。因此，當我們看見跳竿酒吧時，有如見到荒漠甘泉。這間大大的破舊酒吧位於小巷子的角落，經常發放廣告傳單宣稱他們的牛排和薯條是全鎮最便宜的。這種廣宣手法很爛，不過確實替跳竿酒吧招攬了許多客人，因此酒吧的專用停車場停滿了車。

「太好了！」黛西一看見酒吧門口站著一大群人，立刻笑著問我：「要不要來一杯生日酒？」

「好啊！說到做到喔！來來來，我們到裡面偷一瓶酒來喝！」

「不必偷，我請你喝。」

黛西露出一抹詭異的笑容，把我拉到一旁，告訴我應該怎麼做，並提醒我一件最重要的事：不可貪心。

這種事，在每一家酒吧只能做一次，絕對不可貪多。其餘的部分很簡單，就是轉移注意力與分工合作。老天，黛西真的很厲害，看她行動是一種享受，而且她果然沒說錯，確實非常簡單。

她的方法就是靜心等待，等到一群酒客（通常是男性）走到外面來抽菸。

黛西先靜靜看著這些準備抽菸的人走到某張野餐桌前，等到他們將手裡的酒放在桌上時才展開行動。黛西會以輕盈的步伐走向他們，裝出柔弱少女的模樣，而且還要帶點淘氣。有時候她會向那些酒客討點小東西，例如向他們借火，有時候則假裝問路，但無論她採用什麼方法，都能馬上吸引那些人的注意力，而且是每一個人，就算那群人共有六、七個，也不成問題。

因為很有趣，我看著看著，就忘了輪到我行動的時間。我的工作很簡單：黛西和那些人聊天時，我就偷偷溜到那些人身後，摸走一瓶啤酒。只能一瓶，不多也不少，絕對不能摸走兩瓶，因為只要超過一瓶，就會引人懷疑。如果他們發現桌上少了一瓶啤酒，會以為是他們留在酒吧裡沒帶出來。

等到他們回到酒吧的時候，我們早就已經帶著他們的啤酒遠走高飛，前往下一家酒吧。

我總共喝了三瓶酒，整個人醉茫茫，因為我幾乎一整天沒吃什麼東西。

我覺得要跟上黛西的步調有點困難，尤其她喝烈酒的速度和啤酒一樣快。我喝第一杯伏特加的時候有點難以下嚥，把黛西逗得很開心。但是當她拿出一瓶威士忌的時候，我不免有點卻步。

「喝下去。」她面帶微笑，把杯子推到我面前。

我光聞到那濃烈的酒味就快受不了了。

威士忌的味道把我拉回十年前，帶我回到我不願再次想起的地方——也讓我想起尚恩那張因憤怒而扭曲的臉。

我出於本能，將那杯威士忌一口飲盡，然後將杯子往地上砸，那個杯子頓時碎裂，嚇到了其他酒客，引來他們不悅的目光。

黛西笑了。她覺得我並非對威士忌感到恐懼，純粹只是喝醉了。「喔，我想我們該走了。把酒喝完吧！」

我迫不及待的喝完剩下的啤酒，以便蓋過嘴裡的威士忌氣味。黛西拉著我走出酒吧大門往街上去的時候，我還不小心滴了幾滴啤酒在我的襯衫上。

我一路蹣跚，覺得自己快要站不穩了。「現在幾點了？」

「快要八點了。」

「我得走了。」

黛西看起來不太高興。「你這是什麼意思？你這麼遜喔？現在明明時間還早。」

「雙胞胎快要回來了。他們會找不到我。」

「但今天是你的生日，放輕鬆點，他們不會有事的，只不過一個晚上而已。」

我微笑了一下，但願事情真的有這麼簡單就好了。「可是一個晚上也不行。我不能讓別人哄他們上床，因為那是我的職責。」

「比利．芬恩，你是一個好人，只可惜你把自己的人生搞得一團亂。不過你終究是個好人，無論別人怎麼批評你，千萬不要理他們。」

黛西又點燃一根香菸，然後轉身走開。

「我明天打電話給妳。」我在她身後大喊，有點擔心我的早歸會壞了她的興致。

她回頭對我笑了一下，點一個頭，又繼續往前走，看起來若有所思。

我看了一下手錶，然後狂奔跑回育幼院。

確認四下無人之後，我爬上防火梯，回到我的房間。

房間裡充斥著培根的味道，我不知道是不是應該把盤子拿到樓下去，但又覺得有點麻煩，於是直接把吃剩的早餐往窗外一倒，將盤子擱在窗台上，如果下雨的話，盤子就順便洗乾淨了。

我把外套往地板上一丟，隨即發現床上放著一張紙條。

拿起紙條時，一支鑰匙從紙條裡掉了出來。這支鑰匙看起來是用來開啟小型的鎖頭。我從地板上撿起鑰匙，並打開紙條：

比利：

我想向你說聲抱歉，今天是我做得不對。這支鑰匙送給你，它可以打開舊車庫的門。伙伴，祝你生日快樂。

朗尼

我看著手裡的鑰匙，不明白朗尼的用意何在，但是我的好奇心已經被挑起。

我還來不及去一探究竟，走廊就傳來一陣喧譁。我聽見有人在大吼大叫，其中一個聲音來自莉絲。

「放開我！」莉絲大喊。「不准碰我！否則我就要妳好看！」

我馬上衝到門外，看見瑪姬正把面紅耳赤的莉絲拖向浴室。瑪姬是育幼院裡的資深爛人保護官。

「放開她！」我一把抓住瑪姬的手腕，並對著她怒吼。「放開妳的手，滾開！」

她們兩人看見我突然出現，都嚇了一大跳。瑪姬立刻放開莉絲，但是我沒放手，因為我要她牢牢記住以後不准再碰莉絲一根寒毛。

瑪姬對於我的舉動當然十分不滿，於是她用保護官慣有的口吻責備我，並且帶點威脅的口氣。

「比利，立刻放開我的手。莉絲不肯洗澡，我已經催她很多次了。我只是要帶她去浴室，你不需要因為這種小事就動粗。」

但是我仍不肯放手，因為我知道我的行為會讓她生氣。

「比利，放開我的手。」

我仍然不為所動。

「比利，馬上放開我的手，不然我就要——」

「妳要怎樣？」我打斷瑪姬的話。「妳想要怎樣？從我身邊搶走雙胞胎？現在才拿這件事來威脅我，時機是不是晚了一些？」

這句話脫口而出之後，我心裡立刻懊悔不已，因為我感覺到莉絲驚訝的目光正盯著我看。

「比利，這句話是什麼意思？」莉絲露出驚慌的神色。「他們要把我們送去哪裡？」

我放開瑪姬的手。「沒事，哪兒都不去。我只是亂開玩笑罷了，別理我。」

「可是你說他們要送走我們。比利，別讓他們趕我們走，我們什麼地方都不想去。」

我雙手環抱住莉絲，試著讓她的心情平靜下來，但是我沒辦法對她說謊，像他們欺騙我那樣。

「沒事的。」我再次安撫她。「快去洗澡，我們等會兒再聊。」

「不可以騙我喔。」

「當然。等你們乖乖上床，我們再來談這件事。」

她走進浴室的時候，看起來還是一臉擔心。

「比利，你要坐在這裡等我……」

「別擔心，莉絲，我就在門外。」

我哀傷的笑臉在她關上門後隨即消失。

半醉半醒的我，開始思考應該如何告訴我唯一的親人，他們即將被帶往別的住處。對育幼院的院童來說，這已經算是生日的完美句點了，但是我沒有想到，事情還未完結。

18

從草坪走過這段路挺好的。雖然風已經開始變強，但是我無所謂，因為風會把雲吹散，讓我瞥見天空。我深深吸了一口氣，試著說服自己雙胞胎會明白我告訴他們的事。

這是莉絲洗澡洗得最快的一次。珍和葛蘭特都把那種洗澡方式稱為「沾點水就算洗過澡」。

不到十分鐘，莉絲和路易都已經乖乖坐在各自床邊，等我把事情告訴他們。當我開口時，其實我還不知道自己要說些什麼。

「你們兩個不必害怕，這不是壞消息，而是個好消息。」雖然我盡力撐起笑臉，但還是可以感覺到他們受傷了。「他們不是要送走你們兩個，他們只是想讓你們回家。」

我希望雙胞胎明白我的意思，但是他們不懂。他們怎麼可能會懂？對雙胞胎來說，育幼院就是他們的家。

「回安妮的家。」我慢慢的對他們說。「安妮希望你們搬去和她一起住。」

那一刻，莉絲的臉色變得非常緊繃，立刻跑過來緊緊抱住我。路易卻繼續坐在床邊，看起來相當害怕。

「比利，那你呢？」路易問。

「伙伴，不必擔心我。」我招招手叫他過來。

「比利當然和我們一起去啊！對不對，比利？」莉絲急著插嘴。

「不，我不去。我沒辦法去。你們知道，雖然安妮試著好好表現，但她還是有一點緊張。她得慢慢來，才能確定能不能好好照顧你們兩個。」

「但是等我們搬回家，安妮也確定能夠照顧我們之後，她就會接你回去了對不對？」莉絲又問。她的手緊緊抓著我的手臂。

「聽我說，現在想這些事沒什麼意義，因為等到安妮完全準備好，可能還需要很長一段時間。等到那個時候，也許我已經可以離開育幼院獨立生活了。到時候我會在住的地方替你們兩人預留房間，你們週末可以來找我玩，或者隨時想來就來。」我不敢相信這些話竟然是從我口中說出來，但我知道自己一定得告訴他們，不管我的心有多痛。

「可是我希望你和我們一起回家，比利。你是我們的哥哥，別人不能拆散我們。」

「就算我們分開，也不會改變我們的關係。再說，除非我確定安妮可以照顧你們，否則我不會讓你們跟她走。」

我哄雙胞胎上床時，他們兩個還不停發問，我只能盡量讓這個決定聽起來正面且積極，畢竟現在多說安妮的壞話根本無濟於事，一切已經塵埃落定，我只能盡力讓雙胞胎安心。

我讀完床邊故事之後，像往常一樣走到門邊。路易叫住我。

「比利，你今晚不要坐在門外好不好？可不可以留在房間裡陪我們？」

「好。」我微笑回答他，走到他身邊摸摸他的頭。

我倚著他們兩張床中間的牆壁，然後閉起眼睛，希望這麼做可以鼓勵他們和我一樣閉上眼睛休息。

受到驚嚇的他們，過沒多久就睡著了。路易在入睡前還掙扎了一會兒，努力睜開眼睛確認我還在房間裡陪伴他們，然而十五分鐘之內，雙胞胎都進入了夢鄉。我在房間裡又多待了一會兒，擔心自己陪他們入睡的夜晚已所剩不多。

我離開雙胞胎的房間時，突然想起口袋裡那支朗尼給我的鑰匙。我知道自己今晚肯定難以入睡，於是偷偷摸摸走下樓，溜出屋外。

我站在舊車庫外面，手裡拿著那支鑰匙。我停頓了一秒鐘，猜想舊車庫裡可能會有什麼東西等著我，還有我會不會喜歡那個東西，畢竟裡面的東西是朗尼出於罪惡感才送給我的禮物。我想了一會兒，才將鑰匙插入門鎖，打開車庫的門。無論車庫裡面是什麼東西，我都可以隨意破壞，畢竟它已經屬於我了。

車庫裡面又暗又潮溼，還有一股油漆味。

我的手沿著牆壁尋找電燈開關。電燈亮起的那一刻，我愣了一下才搞清楚自己看見什麼。

破舊的老車庫已經變了模樣：四面牆壁分別被漆成灰色、紅色、白色與藍色，原本堆放的垃圾都被清掉，地板也已經清掃乾淨，重新漆上油漆，正中央還擺放了一塊大大的藍色防撞墊。

各個角落擺著一些健身器材，我不禁哼了一聲，這下子終於明白：舊車庫已經變成健身房。上校在這裡打造出一間練習拳擊的健身房，讓我想起上校和我之前的對話。我難以置信的搖搖頭——難道他真的以為找個東西讓我揮拳，就能解決所有問題嗎？唉，除非沙包長得和上校一模一樣，不然一點用也沒有。

我在車庫裡隨意走動，看看上校準備了那些東西。這些器材並非都是全新品，但大部分是新的。這些健身器材包括用粗鍊懸掛於橫梁上的大沙包、跳繩、啞鈴，以及一顆以粗橡皮繩固定的小拳擊球，橡皮繩的兩端分別繫於天花板和地板上。我對準這顆小拳擊球用力揮出一拳，沒想到它彈開之後又彈回來，直接打在我的臉上。

我揉揉鼻子，感覺有點糗。我又對準這顆球揮出第二拳，但這次出拳的力道放輕了一些，然後看著粗橡皮繩帶動這顆球來回晃動。

我的鼻子有點痛，所以便轉身走向大沙包，因為我確定那個大沙包不可能像拳擊球一樣打在我臉上。那個沙包非常大，幾乎和我的體型差不多。我推動沙包時，繫著沙包的粗鍊在上方的橫梁鏗鏘作響。沙包開始搖晃，我等它晃到我面前時揮出右拳。沙包打在我的拳頭上，一陣疼痛從我的指關節傳來，一路延伸至我的手腕和手臂。我咒罵一聲，趕緊往後退開一步。我手臂和鼻子一樣疼。

「練拳必須戴上手套。」突然有個聲音從我背後傳來。

我轉頭一看，發現朗尼站在門邊。

「如果這樣赤手空拳打沙包，你的手會受傷。」

「真的嗎？不會吧？」我一邊呻吟，一邊將右手放到左腋下舒緩疼痛感，但無法處理我鼻子的疼痛。

「你覺得如何？」朗尼走進車庫，並且大聲問我。「你喜歡嗎？」

朗尼在我面前停下腳步，伸手穩住沙包。我兩眼盯著他看。

「喜歡什麼？」

「你的健身房。我花了好幾個星期才將這裡布置好。」

「看來你是白費時間了。我不需要健身房，我對拳擊沒興趣。」

我將沙包往朗尼的肚子一推，往門口的方向走去。

「你之前不是這麼說的喔。」

我停下腳步，回頭看著朗尼，不明白他的意思。「你說什麼？」

「之前我們提到拳擊的時候，你說你有興趣。」

我不耐煩的搖搖頭，反駁他這句話。「你知不知道自己說話不經大腦？」

「我不這麼認為，比利。當初我們提到拳擊時，你說，如果你可以和我對打，就有興趣了。」

我忍不住笑了出來。「對，所以你要和我對打嗎？」

「當然。」朗尼回答。他的表情看起來不像在開玩笑。

他慢慢走向放在角落的金屬置物箱。雖然我很想一走了之，但又忍不住好奇，站在原地看他想搞什麼名堂。

我等了一會兒，只見他從金屬置物箱裡拿出一個大型的棕色皮質護墊。

「來吧，伙伴，這是你期待已久的時刻，我允許你出拳打我。」

我看著朗尼，不知道該怎麼回應。但是在我開口之前，朗尼就把護墊高舉到自己頭上，將頭部穿過護墊的洞，讓護墊落在他胸前，護住他的上半身，看起來像是在園遊會中常見的搞笑相撲服。

「這件是拳擊護胸。」朗尼看見我困惑的表情，臉上露出微笑。「練習拳擊不可或缺的用品。你也會需要它。」

然後他丟給我一雙手套。

「比利，練習時只有一個規則。」朗尼大聲的說，並且將一個大大的訓練手靶套在手上。「你只能對著有護墊的地方出拳，明白嗎？」

我一時之間還搞不懂這到底是怎麼回事。朗尼幾乎是全世界我最想痛揍的人，而且他現在邀請我對他揮拳。可是不知道是什麼原因，我沒有辦法動手。

「我不懂。」我搖著頭說。「我不明白這玩意兒。你要我打你……這個我懂，但是我不明白為什麼。」

「因為你很憤怒。自從我認識你以來，你一直很憤怒，你幾乎憤怒了半輩子。」

「我知道。」我小聲的回答。

「我不怪你心懷怒氣，因為我也會生氣，儘管我和我的家人住在一起，根本無法想像你的心情有多麼惡劣。不過，我知道拳擊在很久以前曾經幫助過我，而且坦白說，我不知道我還能如何幫助你，我已經想不出辦法了。所以我為你準備了這個地方，讓你練習拳擊。這是你的機會，由你自己決定。」

「所以我可以揍你？就這樣？」

「只要是打在有護墊的地方都可以。」朗尼點頭回答。

「停止的鈴聲呢？」我問他。我知道一定還有陷阱。

「沒有鈴聲，比利。你可以盡情出拳，直到你高興為止。」

我不敢相信自己聽見的答案，也不敢相信他怎麼會這麼蠢——我當然要把他打倒在地才肯罷休。

「你是開玩笑的嗎？」

「不要太高估你自己，比利。相信我，我以前的對手比你還要高大，開始吧！記得，你不能攻擊我沒有穿戴護墊的部位，其他的就隨你發揮。」

朗尼說完後就舉起戴著訓練手靶的雙手，準備迎接我的猛攻。

19

或許是因為我今晚喝了太多酒，因此對於眼前的一切還有些無法置信。這麼多年來，我一直夢想著可以揮拳打朗尼，而此刻他就站在我面前，要我動手打他。

我戴上第二個手套之後，告訴自己不要想太多，應該好好把握當下，畢竟今天是我的生日。

我轉身面對朗尼，打量我可以攻擊的部位。朗尼原本就是一個身材高大的傢伙，穿上拳擊護胸之後看起來就像一座山。我審慎研究可以攻擊的部位，盤算著應該先從哪裡出手。

「好了，開始吧，比利。讓我看看你的本事。」朗尼將訓練手靶舉至他的下巴處，對著我面露微笑。

我舉起雙拳，像隨時準備射擊的手槍，將身體的重量移至前腳，朝朗尼的訓練手靶揮出右拳。

感覺真的很棒。

「還不錯嘛！」朗尼露齒而笑。「但是你的雙腳應該再站開一點，這樣才能夠穩住身體，幫助你揮出更有力的拳。」

朗尼不懂，重點不是技巧，而是報復。於是我揮出第二拳，然後再一拳，又一拳。

他每一拳都照單全收，同時慢慢轉向左邊，迫使我跟著他一起轉身。

我的眼睛一直緊盯著他的訓練手靶，決定加快速度，並且開始以雙手出拳，有時是快速的一拳加兩拳，有時則是快如狂風的連續攻擊。我的姿勢並不優雅，然而每一次攻擊都讓我覺得自己的心在狂跳，體內的腎上腺素也不停騷動。我再次加快速度，可是這一回我開始繞著朗尼身邊打轉。我看得出來朗尼的臉色逐漸脹紅，額頭也冒出汗水。

我的雙眼緊鎖著他的視線，我希望他看見我發出怒吼，看見我在揮拳打他時展現喜悅。但是隨著我加快速度，朗尼的動作也變得敏捷。他彷彿能預期我的每一拳，而且更糟糕的是，他還引導我每一拳應該落在哪個地方。

為了占得上風，我決定改攻擊他的身體，因此我低下右肩，假裝要再度朝著練習手靶揮拳，但是轉換重心之後，卻對著他的腎臟部位揮出左拳。

當我的拳頭打中護墊時，我頭一次看見朗尼露出驚訝的表情。他往後退了幾步，試著重新站穩腳步。我馬上追向前去，朝著他身體另一側揮出右拳。

我原本以為第二拳可以打倒朗尼，結果只讓他變得情緒激昂。雖然他滿頭大汗，但還是難掩笑意。

「我喜歡你這一招，比利，我喜歡。真的沒想到你會這樣進攻。繼續放馬過來，讓我瞧瞧你有多少能耐！」

不必他多說，我已經準備繼續開攻。我低下頭，將下巴貼緊胸口，然後接連揮出左拳與右拳，朝著他的身體一陣狂打。他發出幾聲悶哼，卻沒有喊停的意思。他始終站在原地，接受我揮出的每一拳。

感覺到疼痛的人不只朗尼，我的呼吸也變得急促且混亂，可是我一點都不想停止。我感覺到自己的憤怒正不斷從我的拳頭發洩出來，那種力道又猛又快，讓我覺得自己攻擊的對象已經不再只有上校，而是非常多人，包括以前讓我失望的社工人員、嘲笑過我的學校老師，以及承諾過許多事結果卻一走了之的爛人保護官。

那些傢伙的臉孔閃現在我的眼前，每張臉孔背後都有一個故事、一抹回憶、一段令我失望的時光。因此我揮出的每一拳都是報復，讓他們知道我從來沒忘記他們對我所做的事。

然而隨著我揮出的拳數愈來愈多，那些臉孔也跟著改變，最後只剩下一張臉不斷浮現，無論我對著他擊出多少拳，都不消失。

尚恩。

我使出直拳與勾拳又推又撞，但無論我擊打多少次，就是沒辦法將他甩出我的腦海，也沒辦法忘記他以前毆打我的往事。

我的雙拳不停揮擊，我的手臂筋疲力盡，可是我不能停止，因為尚恩還在我的腦子裡。我只好一直出拳、出拳、出拳，直到我喘不過氣。我開始站不穩，身體前後搖晃。我覺得自己快要摔倒，但是我不能讓自己倒下，除非我先將尚恩的臉孔趕出我的腦海。

我的速度變慢，不僅擊打在朗尼拳擊護胸的位置愈來愈低，出拳的力氣也愈來愈弱。汗水遮住我的視線，讓我看不清前方。我不知道自己已經打了多久，只知道上校還站在我面前，承受著我揮出的每一拳。

他的呼吸和我一樣急促，臉色紅得誇張，但還是不停示意要我繼續。由於尚恩的臉還在我的腦子裡閃閃發亮，我別無選擇，只好繼續出拳。

最後事情有了轉變。我的膝蓋突然卡住，身體往前跌去。當我倒下的時候，依然可以看見尚恩在我腦子裡嘲笑我，對著我大吼大叫。我跌入上校懷中之前，仍努力揮出最後一拳，希望可以就此將尚恩趕出我的腦海。那一拳打在上校的右手，往後擦過他的手臂，滑到他的背後，我另一隻手臂也以同樣的動線滑到上校背後。就這樣，我整個人倒在上校懷裡不停喘氣。

我讓上校抱著我的腰，可是我不明白他為什麼要這樣做。究竟他是出於關心，抑或只是要我冷靜情緒？我只知道，這是八年來我頭一次沒有想要立刻衝動的推開他。

20

我已經習慣在半夜醒來，但是醒來之後手腳無法動彈，倒是頭一次體驗。宛如有人偷偷溜進我的房間，趁我熟睡時將我釘在床墊上。

我一邊發出呻吟，一邊抓住床沿，努力讓身體轉為側躺的姿勢。我身上每一吋肌肉都在抗議。剛開始的一、兩分鐘，我真的非常害怕，以為自己中風或癱瘓了，然而後來冷靜一想，又覺得這種情況不太可能發生在十五歲的少年身上。我試圖將手臂高舉過肩，好讓血液循環，同時回想自己到底揮出多少拳，手臂才會變得如此僵硬又痠痛。

我倒在朗尼懷中之後，花了整整十分鐘才重新站起來。其實朗尼也累癱了，但他還是先幫我脫掉手套，要我躺在防撞墊上休息並將雙手高舉過頭。我大口喘氣時，突然有一種奇妙的感覺，覺得自己充滿了活力。

雖然夜已深，但是車庫裡很悶熱。我看朗尼使盡力氣脫掉他身上的拳擊護胸，忍不住笑了出來。當他將護胸拉過頭部時，不小心連上衣一併拉起，露出背部的肌膚。從他皮膚紅腫的情況來看，雖然他穿著護墊，但肯定還是挨了不少我出拳的力道。然而令我訝異的是，朗尼的背上滿是傷疤。一條又一條歪歪扭扭的傷疤排列成行，散布的面積大約從左肩連到右肩。那些傷疤雖然因年代久遠，顏色不再鮮明，但是看起來仍然十分明顯。

朗尼將身上的護墊丟到地板上時，發現我正目不轉睛的盯著他看。他顯出一絲掙扎的神情，但隨即拉整自己的上衣，並擦去額頭上的汗水，然後躺到我的身旁，將雙手高舉過頭。這時如果有人看見我們躺在防撞墊的模樣，可能會誤以為這裡是車禍事故現場。

「這樣做可以緩和你的心跳速度。」朗尼喘著氣說，同時以衣袖擦汗。「感覺很棒，對不對？」

「嗯，大概吧。」

「你的手還好嗎？明天早上你的手可能會有點痠痛。要是我知道你打算打這麼久，我會建議你先用繃帶纏手。」

「我的手沒事。真奇怪，打你的時候，我的手一點也不痛。」我說了謊。

「是嗎？那還真奇怪。誰料得到你這麼厲害？」

朗尼停頓了一會兒，然後又問了我一個問題。從他說話的聲音，我聽得出來他其實有點緊張。

「所以，你打算怎麼利用這間健身房？這間健身房是你的，是我送你的禮物。」

這個問題有圈套。儘管朗尼剛才讓我打了十分鐘，但不代表他有資格領受我的讚美。

「呃，這個地方還好。雖然不是我想要的禮物，但應該還有點用處啦！」

我們都還在調整呼吸，因此兩人沉默了一會兒，這當下感覺有點尷尬，所以我決定率先打破僵局。

「你花了很久的時間嗎？我是指弄出這間健身房。」

我主動提出問題，似乎讓朗尼相當吃驚，但他立刻把握這個與我溝通的機會。

「我想，前後大約五個星期吧？其實我一直想為你做這件事，但又覺得你可能不領情。」

我沒說話，只是長長嘆了一口氣。我這麼做是想讓朗尼知道：他原本的想法是正確的。

「然後你接受了審查。坦白說，經過審查會議之後，加上我們要求你要有良好的表現，我猜你可能會比以前更需要這間健身房，以便發洩你壓抑的情緒。如果我不幫你打造一間健身房，恐怕只能眼睜睜看著你大爆發……我可不想收拾你大爆發之後的殘局。」

我靜靜坐著聽朗尼說話，讓他說完話。雖然我不想承認，但是他做得相當正確。

「這些器材是從哪裡弄來的？你該不會偷拿老婆的首飾去變賣吧？」

「沒那麼慘。」朗尼笑了出來。「我家的車庫裡有很多用不著的東西，所以我決定把那些東西拿去拍賣網站賣掉，換些現金來活用。這裡有些器材是全新品，例如拳擊球和跳繩等，但大部分是二手商品或重新整修過的商品，所以價格並不高。還有一些器材是我兒子的，他們都已經不住家裡了，把這些東西繼續留著也只是占空間，沒有意義。」朗尼說話的聲音愈變愈小，然後就站起身子，態度又變回他平時的模樣。

我環顧了舊車庫內部，想分辨哪些器材是全新品，哪些是他兒子用過的，不過，說實話，我根本一點也不在乎。其實我只是想體會一下這種感覺：這裡的一切都是我的！但這不是我習慣的感覺。

「比利，我不會強迫你使用這間健身房，全看你的興趣。反正這裡是你的健身房，而且只屬於你一個人。我準備了兩支鑰匙，一支讓你保管，一支會放在育幼院裡備用，以免你弄丟鑰匙。雖然我非常樂意來這裡陪你練拳，但如果你想自己一個人來使用也沒關係。」朗尼一邊說著，一邊摸摸自己的腹部，並且皺了一下眉頭。「不過，如果要我陪你，你可能要先給我一、兩天的時間復原。」

他說完之後就轉身往門口走去。

「別在這裡待太久，否則你會著涼。喔，對了，如果我是你，我會做一些伸展運動來鬆弛肌肉，不然你明天早上會全身痠痛。」

我當然沒有理會朗尼的建議，反而繼續在防撞墊上躺了十分鐘，然後才小心翼翼鎖上車庫的門，踉蹌的走回育幼院。我原本打算先洗個澡，但後來決定直接回床上躺平。

我花了一點時間才睡著，只不過不像平常那麼久。當我醒來的時候，我全身僵硬得像木頭。我看了手機一眼，發現自己睡了四個小時。我平常很少一口氣睡這麼長的時間。

接著我花了大約半個小時，才讓我的手臂恢復知覺。儘管我又按摩又伸展，雙手仍然又痛又痠。

我腦子還想著健身房的事。要搞出這間健身房肯定得花朗尼不少工夫，我想不出來他哪有這麼多時間準備這一切。他值班時的每一分每一秒都在管我們和育幼院裡其他的保護官，不可能偷偷跑來打理這間健身房。我唯一能想到的合理解釋，就是朗尼說謊騙我——他根本不是自己弄的，而是找別人幫忙。不然，就是他利用下班之後的時間來張羅這一切。

我思考了一下腦中這兩種可能性：上校將別人的功勞謊稱為自己的付出，雖然有其可能，但我不相信他會做這種事，因為當他告訴我他如何打造出這間健身房的時候，眼中閃現一種自傲的神采。

另外一種可能性則讓我有點煩躁。我不禁甩甩頭，想把這種想法甩出腦外。就算朗尼真的用自己下班後的時間來粉刷車庫，那又如何？這是他自己的選擇，況且他只不過是出於罪惡感才會這樣做。

我和自己來回辯論了好幾分鐘，如果不是因為房門突然被人慢慢打開，我可能會繼續與自己爭辯下去。當下我完全忘記自己渾身痠痛，立刻跳下床進入備戰狀態——無論來者何人，我都會好好教訓他。結果發現開門進來的人是一臉哭相的路易。

「嘿，伙伴！」我輕聲對路易說，並且摸摸他的頭。

「我剛才醒來，結果你不在房間裡。」路易說著說著就開始哭。「我今晚不想睡在我的房間了。我可不可以來這裡和你一起睡？」

他知道這個問題根本不需要我回答，因此直接爬上我的床，鑽進我的被窩。

我也跟著他小心翼翼爬回床上，躺到路易身邊。他將身體緊貼在我肚子旁，讓我覺得全身的痠痛都立刻消失。

路易馬上就睡著了。我看著他，感覺既開心又心疼。我知道路易需要我，但也知道不久之後就會有安妮陪伴他。

我將這些想法塞回腦中。雖然睡不著，但還是想辦法勉強自己快點入睡。

21

我起床時，陽光早已透過窗簾照進我的房間，而我的雙臂變得比昨晚還痠痛。

我想翻身伸展一下，可惜無能為力，因為背後有東西擋住我，加上路易還趴在我的胸前呼呼大睡，我根本難以動彈。

我在疼痛可忍受的範圍內盡力伸長脖子，想搞清楚背後是什麼東西卡著我，但是只能看見一團棉被緩緩上下起伏。

我拉緊每一條肌肉神經，將身體坐直，再掀開棉被，結果發現棉被底下是蜷縮著身體睡覺的莉絲，而且睡姿和路易一模一樣，宛如某人在他們中間放了一面鏡子。我不知道莉絲什麼時候跑到我床上來，但是她溜進我房間時，我顯然沒被驚醒。我突然充滿罪惡感，因為她需要我的時候我竟渾然不知。

我在床上坐了一會兒，一面看著他們熟睡的模樣，一面嫉妒他們能夠如此安睡。最近這段時間，我只有上次溜進珍和葛蘭特家的那個晚上才覺得平靜。我一面回想，一面開始計畫再找時間溜回去。

時間來到八點半，雙胞胎還在睡覺。今天是星期天，那些爛人保護官不會急著叫醒大家，因為他們自己也想多睡一會兒。

我的手機突然嗡嗡作響，打破房間裡的寧靜。這麼一大早，不知道是誰傳簡訊給我。

你起床了嗎？十一點半老地方見。黛西

我不禁露出笑容，因為接下來的一天將會變得很有趣。

我趕緊下床，開始翻找待會兒我可以穿出門的衣服——必須是過去六個月內我曾經清洗過的衣服才行。

坦白說，每一件被我拿到鼻子旁的衣物都有一股腐臭味，讓我相當困惑。但或許地板上還有哪件衣服是我還沒穿髒的……

當我舉起手臂，聞到我腋下的氣味時，才恍然明白問題不是出在衣服上，而是我的身體。

我馬上拿起掛在門後的毛巾，直接奔向浴室。如果我趕緊把身體洗乾淨，體香膏的味道應該可以蓋過衣服的臭味。我輕輕關上房門時，還忍不住露出笑容，真不明白自己在想些什麼？

我在前往集合地點途中，一直擔心自己會遲到，但因為身體痠痛的緣故，我得耗費比平常多三倍的時間才能走到目的地，再加上我出門前一直找不到我的體香膏，因此我比約定的時間晚了許久。我走到分流道的時候，試著改以小跑步的方式前進，但是只撐了一會兒就放棄了，因為手肘與膝關節震動時造成的疼痛，不停刺激我的腦袋。

當我抵達空地外圍時，發現自己已經遲了將近三十分鐘，黛西恐怕早已負氣離去，她可不是一個有耐性的人。

當我看見她還坐在涼椅上吞雲吐霧時，心裡才放下大石頭。畢竟她也是育幼院的院童，因此如果她臉上掛著笑容，就表示她真的心情很好。

「你昨天晚上發生什麼事了？」黛西問我，語氣中帶著戲謔。

「沒事啊。妳為什麼這麼問？」我立刻充滿警戒。

「因為你走路的樣子很可笑……老天，那是什麼味道？比利，你用了多少沐浴乳洗澡啊？」

「妳找我來的目的就是為了嘲笑我嗎？」我不高興的回嘴，原本想坐到她身旁的念頭也就此打消。

「對不起啦！」她笑著道歉。「只是我從來沒看過這種走路的姿勢……除非那個人在褲子裡拉了一坨屎。」她又開始呵呵笑，笑到連隱藏在寬大襯衫底下的肩膀都不停抖動。

這下子我真的火冒三丈。雖然我知道黛西只是故意鬧我，但仍舊忍不住動怒，脫口說出了氣話。

「妳要不要說說看，妳今天早上是不是摸黑換衣服？為什麼又穿著妳爸爸的襯衫出門？妳爸爸到底是什麼樣的人？他是個大巨人嗎？」

我的話才說出口，黛西臉上的笑容就消失了。她丟了一根菸到嘴裡點燃，隨即深深吸了一口。

「黛西，對不起。」我小聲的道歉。「我說話不經大腦。」

「沒關係。」她不帶感情的回答。「是我自找的，你不必放在心上。昨晚到底發生了什麼事？你樣子看起來好像受了傷。」

「我沒事。只不過昨天我們分開之後，發生的事與我原本預期的不太一樣。」

然後我就把前一晚的事情全都告訴了黛西，包括我和雙胞胎的對話、朗尼為我打造的健身房、我和朗尼的「對打」，以及雙胞胎半夜跑到我房間來睡覺。

「這聽起來才像是有趣的生日。」黛西露齒而笑。「那個朗尼在搞什麼？他真是令人摸不透。」

「什麼意思？」

「我的意思是，你一天到晚抱怨他，說他喜歡找你麻煩、對你非常惡劣，結果他卻花了那麼多心力、動用私人資產，打算把你培育成下一屆的世界拳擊冠軍。這麼聽起來，這個朗尼真是一個大壞蛋，比利，他真的是壞人。」

黛西這番反諷的話語，讓我不禁又充滿警戒。

「妳不了解他，黛西。朗尼很擅長操弄別人，他絕對不會平白無故對別人好，因為他不是那種人。」

「你不必多說他的壞話，我知道他很難纏，從你以前告訴我的那些事，我就已經非常清楚。但是你得先回答我一個問題：除了雙胞胎之外，你這輩子認識最久的人是誰？姑且不論你的意願，但究竟是誰一直守在你身旁、對你不離不棄？」

「我不知道。」我小聲的回答，像個鬧脾氣的小孩般用腳踢涼椅。「大概是社工人員吧？」

「比利！」黛西大喊，語氣充滿不耐煩。「你真的很瞎！你明明知道答案，為什麼不敢承認？說出朗尼的名字又不會要你的命！」

「隨便啦！」反正我已經打定主意絕對不說。「我們等一下要做什麼？還是妳打算一直這樣鬧我？」

黛西用肩膀撞我一下，表示她想化解尷尬的氣氛，並且轉換話題。

「沒事，我說完了。你真的很容易生氣。對了，我有個東西要送給你。」

我的耳朵馬上豎起來。「喔，是嗎？什麼東西？」

「閉上你的眼睛，然後把手伸出來。」

我狐疑的看了黛西一眼。「妳把我當成三歲小孩嗎？」

「我知道你不是三歲小孩，但如果你想要我這份禮物，就照著我的話去做。」

我皺起眉頭，依照她的指示去做，接著我感覺到她在我手中放了一個東西。

「這是什麼？」睜開眼睛後，我看見一個褐紅色的小盒子，便直接問道。

「你覺得它像什麼東西？」

「看起來是一個小盒子。」

「你真聰明，比利，聰明到讓我非常驚訝。我是說真的。」

「這是戒指的盒子，對不對？」我的聲音聽起來有點緊張。

「那你得看盒子裡面有什麼東西嘍，是吧？」

「裡面到底是什麼？」

「呃，將盒子打開，你不就知道了嗎？別那麼害怕，裡面不是你想的那種玩意兒。你未免太抬舉自己了。」

我看著黛西的眼睛，一邊打開小盒子。我忍不住猜想，這可能只是她玩弄我的另一個把戲。倘若真是如此，我一定馬上翻臉走人。

結果黛西說得沒錯，盒子裡面確實不是我猜想的那種東西。坦白說，一開始我有點失望，因為盒子裡面只放著一塊形狀不規則的綠色塑膠片。

我把盒子拿近一看，不禁皺起眉頭問：「這是什麼東西？」

「把它拿出來，你就會明白它是什麼東西。」

我用手指將綠色塑膠片從盒子裡拉出來，並且將它放在手心裡。

是一顆星星，一顆塑膠材質的綠色星星。那一刻，我突然無法言語。

「我覺得你可能需要這個東西。雖然它只不過是百分之百的塑膠製品，可是你看得出來，這並不是舊貨，我保證它在夜裡會發亮。」

「謝謝嘍，伙伴。」我露出微笑，訝異黛西竟然記得我以前說過的話。

「千萬別弄丟了，好嗎？我可買不起第二顆給你。」

「我想我會需要這個玩意兒。等雙胞胎離開之後，我大概會多出很多時間待在房間裡睡覺。」

「先別這麼想，事情還是可能會有變化。從你告訴我的種種，我覺得安妮聽起來不太可靠。如果她又出問題，我敢說你們那些保護官絕對不會讓她帶走雙胞胎。」

「妳知道我最擔心什麼事嗎？」我走到涼椅坐下，向她坦承我心中暗藏的憂慮。

黛西搖搖頭。

「我怕雙胞胎會忘了我。」

「別傻了，比利，這種事情怎麼可能發生？你是雙胞胎的哥哥，而且他們幾乎是你一手帶大的。」

「妳沒看過他們和安妮出去時的神情，我根本無法和安妮相比。他們現在一個星期只見安妮一面，我就已經變成隱形人了；等到他們搬去和安妮住在一起，我大概就會被他們忘得一乾二淨。」

「聽我說，」黛西坐在我身旁說。「曾經有人告訴過我，我們應該透過邏輯思考對抗愚蠢的念頭，以便領悟自己的想法有多麼荒謬。」

我一臉茫然的看著她，不明白她想表達的意思。

「我是說真的，比利。你搬到寄養家庭住的那段時間，雙胞胎有什麼感覺？」

一提到珍和葛蘭特，我馬上緊張的低下頭，撕拉拇指上的死皮。

「別這樣，比利，我只是想幫你的忙，給點反應好不好？」

「妳想要我說什麼？」我大吼。「我無話可說。」

「比方說，當時雙胞胎有什麼想法？」

「妳認為呢？他們當然很害怕。他們不懂為什麼不能和我一起搬到寄養家庭。他們以為我要離開他們、拋棄他們，就和安妮一樣。當初那些爛人保護官告訴雙胞胎說我找到寄養家庭時，雙胞胎哭了整整一星期，而且連一秒鐘都不肯讓我離開他們身邊，就算上個廁所也不行。我拜託朗尼和社工人員不要拆散我們三人，也告訴他們我一點都不在乎是否找到寄養家庭，甚至揚言如果硬要將我和雙胞胎分開，我就砸毀寄養家庭的東西，迫使他們把我丟回育幼院。」

「保護官採納你的意見了嗎？」

「沒有。他們認為這是唯一的選擇，因為他們沒辦法找到一個願意接受三個小孩的家庭。不過雙胞胎是一對的，不可能被分開，而且事實上，有很多人排隊等著要接雙胞胎過去住，甚至有個家庭願意長期收養他們。」

「這樣很好啊，不是嗎？起碼他們不會被留在育幼院裡。」

「對，但問題出在安妮身上。她一點都不介意讓寄養家庭收養我，可是當她一聽說有人要收養雙胞胎，態度馬上大轉變。安妮認為自己已經改掉惡習，於是開始跑回來找雙胞胎，並且打算接他們回家長住。」

「比利，我想問的是，你搬去寄養家庭之後，你和雙胞胎之間有沒有發生什麼改變？」黛西語調溫和的問我。「從你剛才所說的一切，我不相信他們對你的感覺有任何改變。」

「他們當然沒有因為我搬走就改變對我的態度。」我又變回充滿防禦的口吻。「雖然他們哭得很慘，但他們知道我也是出於無奈。而且我每個星期都可以看到他們，因為他們星期天會到我的寄養家庭來玩。」

「那就對了。為什麼你認為這次會有所不同？你和雙胞胎以前也分開過，但是什麼都沒變，你們還是一家人。所以你應該用理性思考，想清楚這一次不會有所不同。」

我咬住嘴唇，不肯說出我心裡的回答。

因為這次是雙胞胎要離開我，而且不同的地方是，安妮想要雙胞胎，但是珍和葛蘭特不要我。珍和葛蘭特一發現我的真面目，就立刻不要我了。

我沒有辦法說出這些話，只能勉強露出一個大大的微笑來敷衍黛西。

「妳說得沒錯，我懂妳的意思。既然上次什麼都沒改變，這次也會一樣沒事。我明白了，謝謝妳。」

黛西搖搖頭，嘆了一口氣。「比利．芬恩，你真是個滿口謊言的傢伙。我感覺得出來，你心裡根本不是這麼想。」

我想插嘴，但是黛西又馬上想出另外一個點子。

「算你好運，你有一個知道自己應該怎麼做的朋友，還有一台照相機。等我搞定之後，你的雙胞胎絕對不會忘記你這位大哥。」

於是事情就這麼談妥了，討論到此結束。在我和黛西的對談中，我第一次不由自主的相信她所說的話。

22

我猜黛西的點子應該真的不錯，朗尼甚至認為她非常聰明。

「生活日誌是個好主意。」朗尼一邊替我戴上手套，一邊大聲表示。「之前有些院童離開時，我也使用過這種方法。生活日誌可以幫助他們回憶過往，讓他們記得自己是誰以及成長的經歷。」

「但我說的不是日誌，我朋友打算用拍攝影片的方式來記錄。」

「日誌或影片都一樣，不過我覺得你朋友的點子比較棒，因為雙胞胎想你的時候，只需要播放影片就好。我敢說他們一定比較想看見你的臉、聽見你的聲音，而不光只是讀讀你寫給他們的信。」

我懂朗尼的意思，而且我並不介意對著鏡頭說話，只不過我不知道應該說些什麼才好。比較讓我困擾的部分，是黛西要來育幼院，她會看見我住的地方。然而我知道只有這個辦法可行，因為她要拍攝我在育幼院裡走動的模樣，好讓雙胞胎記得他們睡覺、吃飯與玩耍的地方。我沒有辦法自己拍攝，而且除了黛西之外，我不希望由其他人掌鏡。

「我應該說些什麼？」我問正把拳擊護胸套過頭部的朗尼。「我應該會像個大白痴吧？」

「比利，你知道嗎？你根本不需要預先設想自己要說什麼，到時候只要順其自然，想到什麼就說什麼。來吧，你準備好了嗎？」

我將手套綁緊，打算朝朗尼的肋骨部位進攻。今天是他第三次答應陪我練拳，雖然我不願承認，但是我已經開始喜歡上這種運動。朗尼當然還是一本正經，指導我應該將兩腳距離拉寬，並且對準練習手靶揮拳，可是等我開始進攻之後，就把他的指示完全拋到腦後。我鎖定朗尼身上的護胸，享受連續攻擊他的滿足感。我有太多不愉快的回憶需要消化，我揮出的每一拳都代表我心裡的復仇欲望。然而至今仍有一張臉孔是我無法消滅的——尚恩的臉。尚恩的影像刺激我不斷進攻，因為無論我揮出多少拳，他的臉就是不肯離開。經過這幾次練拳，我開始擔心自己可能永遠無法甩開尚恩對我造成的陰影。

過了幾分鐘，我開始覺得累了，而且我看得出來上校也累了。但是我必須稱讚上校，因為他從來不曾主動喊停。事實上，我好幾次都覺得他一定知道我腦中想著尚恩，所以他不斷鼓勵我、大聲喊著要我繼續出拳。

我不停出拳再出拳，直到雙手痠痛到無法舉起。當我彎下腰並試著將尚恩趕出我腦子時，上校才踉蹌的往後退開，急忙脫掉拳擊護胸，宛如身上著了火。

「老天，比利，你的拳像老驢一樣。」

要不是因為我正忙著喘氣，我肯定會哈哈大笑。「我還以為驢子只會踢人，不會出拳。」

「踢人或出拳都差不多，結果都一樣。」

我和朗尼沒有繼續交談，因為我們倆都忙著喘氣，像是有氣喘病的老頭子剛抽完菸。

「你開心嗎？」朗尼在呼吸恢復正常之後終於開口問我。

「我不確定『開心』是不是正確的形容，但我認為這種感覺還不錯。」

「你知道嗎？看你打拳的感覺很奇怪。當你開始揮拳之後，我覺得比利．芬恩的心思好像飛走了。我的意思是，你出拳的時候心裡到底在想什麼？」

我很想把尚恩占據我思緒的情況一股腦兒全告訴朗尼，以便將尚恩從我腦中釋放出來，不讓他繼續作怪。**但是不行，現在還不行**，我告訴自己時機未到。就讓尚恩繼續和安妮待在一起，讓安妮、尚恩與威士忌繼續待在一起。只要我把他們全部藏在我的腦子裡，一切就會沒事。

「沒什麼。就像你說的，我只是專注在拳擊的技法上，腦子就完全淨空了。」

朗尼露出微笑，然而我不確定他是否真的相信我說的話。

「我很高興你找到發洩的管道，這對我來說相當重要，真的。聽著，比利，我現在得回育幼院去忙了，因為還有很多文書檔案等著我處理，而且在你女朋友抵達之前，我還得把走廊上的灰塵吸乾淨。」朗尼走向門口，還在離開前對我做出一個可笑的吻別。

如果我還有力氣罵人，應該會叫他去死。

不到一小時，黛西就會抵達了，可是我還有一大堆事情還沒做。

在我和朗尼練拳之前的一大清早，我就已經先把房間裡那堆髒衣服拿去洗乾淨並且烘乾。當我看著那堆洗好的衣服時，忍不住想恭喜自己：因為衣服全都沒有縮水，也沒有被染色，雖然每件衣服都變得皺巴巴，但是我懶得熨燙，就算是天皇老子要來我也不在乎。

我現在的問題是：我不知道應該如何處置這堆衣服。衣服還沒洗乾淨之前，我不介意把它們全部丟在房間地板上，但既然我已經把它們全洗乾淨了，如果再丟在地板上，未免太糟蹋它們。這種煎熬讓我頭一次後悔失去衣櫥。如今我別無選擇，只好盡我所能將衣服一件一件摺好，疊放在窗台旁邊，然後拉上窗簾，蓋住這堆衣服。反正拉上窗簾正好可以遮蔽窗戶被木條封住的醜樣。

簡單整理過房間之後，我又洗了一次澡，這次我特別注意，不敢使用太多沐浴乳，以免又被黛西訕笑。

我換好衣服，就只剩下一件事待辦：告知其他院童我有朋友要來，假如他們敢讓我丟臉，我絕對會給他們好看。但奇怪的是，我不需要花太多時間就搞定這件事了。事實上，他們幾乎一整天都不見人影，非常完美。

可惜的是，朗尼並沒有和他們一起消失，而且他似乎比我和雙胞胎更加興奮——雙胞胎是因為下午要和安妮外出而雀躍不已，但朗尼會留在育幼院裡。

朗尼笑容滿面的向黛西自我介紹，而且當我準備帶黛西離開時，朗尼竟然還對我眨眨眼睛，並伸出大拇指。他真是個大白痴，我根本不在乎他對黛西的觀感。

雙胞胎當然很喜歡黛西。黛西看見雙胞胎的時候顯得相當開心，雙胞胎也捨不得離開黛西，還一直問她問題。

「妳叫什麼名字？」

「妳住在哪裡？」

「妳和比利是怎麼認識的？」

黛西回答時，我也站在一旁聆聽，希望可以趁機聽見一些我還不知道的資訊。

當路易好奇的問黛西是不是我的女朋友時，我知道應該馬上結束這段問答時間，然而在我還來不及開口之前，黛西就搶先回答路易：「他才沒這麼幸運！」

「你們兩個是不是該準備和安妮出門了？」我急忙插嘴。

「安妮要一個半小時之後才會到，而且我們早就準備好了。」莉絲不滿的表示。

「我有東西可以讓你們打發時間。」黛西一邊說，一邊從她的包包裡拿出一張DVD。

「是《公主新娘》！」莉絲開心的大喊。「太棒了！」

「看起來像是女生喜歡的電影。」路易小聲的抱怨，似乎一點也不感興趣。

「你看，這下子你可就猜錯嘍！」黛西回答。「路易，你喜歡海盜嗎？」

路易點點頭。

「喜歡鬥劍嗎？喜歡巨人與怪獸嗎？」

路易瘋狂的點頭，他的頭差點就要掉下來。

「那麼這部電影一定非常適合你。」黛西以大力推薦的口吻說。「你去看看就知道了。」

路易聽黛西這麼一說，馬上從莉絲手中搶走DVD，一溜煙往電視房跑去。

「好啦！」黛西對我露齒而笑。「現在我們可以開始拍嘍！」

我坐在鏡頭前方，看著照相機上閃爍的紅燈。

「等你準備好，我們就可以開始了。」黛西溫柔的表示。

但是我不知道應該從哪裡開始說起，於是四處張望，希望能從房間找到一絲靈感。

「呃，嗨，你們兩個，我是比利。」我覺得自己很蠢，忍不住皺起眉頭。「我……我們……呃，這段影片是為了你們拍攝的，這叫作生活日誌，只不過我們改用影片的方式呈現。」我停了一會兒，想到此為止，但是黛西伸出手指對著空氣轉圈圈，意思要我繼續往下說，多說一些話。

「你們搬去和安妮住的時候，可以帶著這段影片一起去，這麼一來，你們想看的時候可以隨時拿出來看，如此才不會忘記你們曾經在這裡生活，如果想看我的時候也能夠看見我。好，這裡是你們的房間……」

黛西將鏡頭從我面前移開，開始拍攝房間的牆面，我頓時感覺輕鬆不少。

「從我們來到育幼院開始，你們就住在這個房間，一共住了八年。不過你們並非一直睡在這兩張床上，一開始是睡上下鋪。你們還記得嗎？你們很喜歡上下鋪，真的，起碼輪到睡上鋪的時候就很喜歡。朗尼讓你們每個星期輪流交換，因為你們會為了誰睡上鋪而吵架，幾乎每晚都吵，直到朗尼丟掉那張上下鋪，因為他覺得留著那張床只會帶來麻煩。」

我一想到當初朗尼把上下鋪換成兩張單人床時，雙胞胎淚眼汪汪的模樣，就忍不住笑了出來。雙胞胎哭得宛如世界末日來臨。

「喔，還有這個……」我一邊笑，一邊示意黛西拍攝最靠近我的那面牆。「這面牆是美術牆，你們六歲的時候很喜歡在這面牆上畫畫，無論彩色筆也好，簽字筆或蠟筆也好，反正你們手中有什麼，全都拿來畫這面牆，畫得整面牆都是。那些保護官氣炸了，真的。一開始他們還試著重新粉刷這面牆，並且氣呼呼的叫你們一起粉刷，當成對你們的懲罰，可是你們一點也不在乎，你們超喜歡粉刷。到了最後，朗尼將這面牆塗上黑板漆，並且幫你們買了好多粉筆，讓你們開心得不得了。有時候我們都覺得你們會刻意搗蛋，好讓保護官罰你們禁足，這麼一來你們就可以盡情在房間裡塗鴉。」

在照相機後的黛西露出笑容，並鼓勵我再多說一些。現在我已經熱身完畢，覺得有好多事情可以對雙胞胎說。

「你們還記不記得你們睡覺前最喜歡聽哪個故事？你們小時候喜歡《大象和壞寶寶》，我每天晚上都得說這個故事，連續說了兩年，直到你們比我還熟悉這個故事。等你們大了一點之後，變成喜歡《紙片男孩史丹利》。這也是你們第一個喜歡讀給我聽的故事，尤其是史丹利的弟弟用腳踏車輪胎打氣筒將他變回原狀的那一段，總會惹得我們三個人哈哈大笑，對吧？我希望你們到安妮家之後也要繼續看書喔！」

黛西對著我伸出大拇指。

「晚上睡覺前，記得要叫安妮用棉被底端包住你們的腳，不然你們的腳在半夜會著涼。我原本都讓你們穿著襪子睡覺，可是朗尼說穿襪子睡覺會長不高。」

鏡頭旁邊的紅燈熄滅，黛西將照相機擱到一邊。

「你很棒，比利，真的很棒。我覺得這一段應該足夠了，接下來我們要去哪裡拍？」

我們開始到處亂走。我已經不再毫無頭緒，因此我們花了大約一個小時在育幼院裡四處拍攝，從廚房拍到走廊，然後再拍到餐廳，甚至還去那些爛人保護官的辦公室。我們每拍完一個房間，我的自信心就增加一些，覺得這個點子或許真的行得通，起碼我在上校出現之前一直覺得很有自信。

「黛西，可不可以也讓我對雙胞胎說幾句話？」當我們抵達上校的辦公室時，上校突然這樣問黛西。

黛西看了我一眼，徵求我的同意。我聳聳肩，於是黛西回答：「當然可以。」

「我去看看雙胞胎。」我趕緊表示。我不想被迫留下來聽上校冗長又無趣的演講。

我坐在電視房裡陪雙胞胎待了幾分鐘，但是他們根本沒發現我的存在，因為他們正全神貫注在電影上。這部電影看起來真的挺不錯，絕非路易原本預期的女生類型，因為有許多鬥劍場面，還有風趣幽默的對白，但是也不乏能讓莉絲著迷的公主角色。在不知不覺中，我也被這部電影吸引了。電影結束時，雙胞胎露出不情不願的表情，彷彿剛從催眠狀態中回到現實世界。

「這部電影真好看。」路易說，並想像自己手中有一把劍，宛如一個沒有戴面罩的英雄揮舞著劍。「我們晚一點可不可以再看一次？」

「你得去問問黛西願不願意借你。」我回答。雖然我知道黛西一定會答應。「你們該去穿鞋子了，安妮隨時會到。」

雙胞胎一聽見這句話，就馬上奪門而出，朝著樓上跑去，而且不忘揮舞手中的隱形劍，將我獨自一人留在空盪盪的電視房。我猜，我好像已經習慣這種被別人拋棄的感覺了。

二十分鐘後，育幼院裡還是安安靜靜的。安妮來了又去了，雙胞胎喜孜孜的跟在她身後離開，因為他們今天可以與安妮獨處，沒有保護官在一旁破壞興致，讓他們更加開心。受保護官監督的階段已經結束，這表示我的死期愈來愈近。

黛西在門內看著安妮與雙胞胎的背影離開，然後用手肘戳戳我。

「別這樣嘛！幹麼裝出可憐兮兮的樣子？在他們回來之前，我們還有好多地方要拍攝。」

「拍了那麼多還不夠嗎？我已經無話可說了。」心裡的挫折感讓我忍不住發出哀嚎。

「如果你不介意這段影片由朗尼壓軸，我們當然可以休息。」黛西回答。她明知我一定會介意。

「再拍一段就好，然後就結束。」

「好。」黛西笑著說，隨即推著我走到屋外的空地，領著我走到舊車庫旁邊的涼椅，並且為我打氣，告訴我她的想法。

「記住，這是最後一段了，在雙胞胎關掉影片時，這段畫面將會是他們印象最為深刻的一段。因此，我要你簡潔有力的把真相告訴他們。」

「什麼意思？什麼『真相』？」

「我也不知道真相是什麼，比利。雙胞胎是你的弟弟妹妹，不是我的。」黛西做了一次深呼吸。「聽著，我有好多話來不及告訴我爸媽，但現在已經沒有機會，讓我非常懊悔。現在是你的機會，千萬別白白浪費。」

她按下錄影開關，直接開始拍攝。

「嗨，又是我。希望朗尼那段話沒有害你們太無聊。我現在坐在院子裡的涼椅上，但是這裡沒有什麼東西可以給你們看。」我停頓了一會兒，環顧四周，急著想找一些可以分享的靈感。「夏天的時候，我們經常坐在這個地方。嘿，你們還記不記得，有一次我們坐在這裡，把《壞心的夫妻消失了》那本書從頭到尾重讀一遍。路易非常喜歡這個故事，甚至模仿書裡的刁先生，把食物藏在頭髮裡，最後害我們必須把玉米片一片一片從路易的頭髮裡撿出來。」

這段回憶讓我忍不住像個傻瓜般哈哈大笑，但是接下來又不知道應該說些什麼。

「我希望你們喜歡這個拍攝影片的點子。坦白說，這是黛西想出來的。」黛西聞言後便將照相機轉向自己，對著鏡頭揮揮手，然後又把鏡頭轉回到我身上。「這段影片我們拍得很開心，不僅讓我想起許多美好的回憶，也讓我明白在這裡的日子並不是每天都很糟糕。雖然大部分的時候很爛，但不是全部。」

我低頭看著照相機的鏡頭，腦子裡一片空白。

「說真的，除了祝福你們回家之後可以過得開心，我不知道應該說什麼。你們知道嗎？能回家住真的很棒，因為在育幼院生活並不是好事，你們值得過好一點的日子，所以希望你們回家以後會很開心。別忘了，在你們需要我的時候，或者需要我提供任何幫助，無論什麼時間都可以打電話給我。雖然我們無法繼續住在一起，但不表示我們之間會有任何改變，我永遠是你們的哥哥。再見。」

我揮揮手，從涼椅上站起來，照相機也停止拍攝。

23

車子裝滿一堆廢物之後，就駛離育幼院了。我原本以為我們會一路在高速公路上飛馳，將大部分的時間耗在這輛改裝過的爛車後座。

上校以前經常與軍中同袍一連幾週在外野營，因此這次雖然只是短短兩天一夜的露營活動，他仍堅持攜帶各式各樣的裝備與用品。

「有備無患。」上校自鳴得意的笑著。「畢竟，如果事前準備不夠周詳，任務就等著失敗。」

我和莉絲一臉茫然的看著上校，路易則對著他以拇指與食指比出「廢物」的手勢。我不覺得朗尼了解路易想表達的意思，但他知道那個手勢肯定不是讚美之意。

暑假的頭幾個星期在不知不覺中就過完了，開學日已經在不遠處向我們招手。不過，我們對這趟小旅行都感到相當興奮，因為任何能夠暫時離開育幼院及其他院童的行程，就算只是出去購買日常生活用品，我們都覺得很開心。這次我們將在外面露營兩晚……簡直棒到讓人無法置信。

「這是你們三個人應得的獎勵。你們最近遭遇很多事情，因此我們希望讓你們有機會好好享受家庭時光。」

我突然悲從中來，彷彿這將是我和雙胞胎告別之前最後一次共度假期。我知道自己不能把整趟旅行浪費在亂發脾氣，只希望雙胞胎在離開時對我只有良好的印象。其實我也自私的想擁有對自己的好印象。

因此，當朗尼忙著把行李放進後車廂的時候，我一句話都沒吭，就連他一直在我們面前吹噓那些器材有什麼用途時，我也什麼話都不講，直到他關上後車廂蓋，叫我們上車。

另外一個爛人保護官瑪姬也與我們同行。瑪姬上車後坐在雙胞胎身旁，就連她也忍不住揶揄朗尼一番。

「呃，朗尼，你分享的這些事真有趣，真的很有意思，可是我們好像應該把行李從後車廂裡拿出來了，因為我差不多可以退休了。當你把行李放到車上時，我才只有四十五歲而已！」

「哈！妳現在可以盡量取笑我，但等到天氣變了，妳就知道應該好好感謝我！」

「如果我們可以趕在太陽下山前搭好帳篷，我會更感謝你。所以我們快點出發，可以嗎？」

我覺得坐在我旁邊的朗尼不太高興，但是也感覺得到他努力壓抑自己的火氣。幸好等我們開上高速公路之後，朗尼的心情就變好了，他甚至還讓雙胞胎播放他們帶來的ＣＤ——儘管他們的音樂品味極差。

音樂品味不佳，其實不是雙胞胎的錯，畢竟他們年紀還小，可是當那些沒大腦的流行歌曲一從喇叭傳出來時，他們兩個就開始在座位上蹦蹦跳跳，讓這輛爛車的車身更加歪斜。路易非常投入在音樂中，他甚至開始敲打朗尼座椅的頭墊。我坐在一旁，等著看朗尼會有什麼反應，原本以為他會轉頭怒斥路易，結果他沒有，反而也跟著開始敲打方向盤，讓雙胞胎興奮得不得了。朗尼看到雙胞胎這種開心的模樣，就以更狂野的方式打拍子。我必須承認，看見朗尼如此奔放，讓我感到非常有趣，好比看見校長大玩親親遊戲。不過朗尼接著開始模仿小甜甜布蘭妮唱歌，就不免有點過頭了。至於瑪姬，她只有開玩笑的輕輕拍打朗尼的後腦勺，要他專心開車。

後來氣氛冷靜了一些，雙胞胎癱回自己的座位，瑪姬也開始打瞌睡。朗尼將收音機轉到一個我這輩子聽過最無聊的電台，內容只有新聞與交通情報，沒有音樂，害得我也想睡覺了。

「再過不久，你也可以嘍。」朗尼小聲的說。他的眼睛依然注視著道路前方。

「什麼？」

「我是說，再過不久你也可以開車了。再過兩年。你想開車嗎？」

「大概吧？」我回答，不想表現出太興奮的神情，畢竟我以前早就偷偷開過車。有幾個和我一起喝酒的朋友會偷車，我曾經和他們一起行動過一、兩次，有一回他們還讓我在停車場裡駕駛一輛小型車。其實只要不換檔，開車並不難。每次我換檔，車子就會像袋鼠一樣亂跳，甚至差點撞上停在旁邊的購物推車。

「你要不要幫我換檔？我兒子以前很喜歡我讓他們這麼做。」

他們當然喜歡！我心裡暗忖，但是沒有說出口。

「為什麼要我幫你換檔？你自己不會開車嗎？你最好小心一點，不然可能會翻車。」

朗尼笑了一下，將手從排檔挪開。「哈，哈，你很搞笑。來，試試看，等我們快抵達圓環的時候，你將四檔換成三檔。」

我握住排檔，但純粹只是出於無聊。我覺得說不定可以惡搞朗尼一下，一口氣換兩檔，害他撞上方向盤。但是他看起來很認真專注，彷彿真心想讓我練習，所以我沒有搗蛋，就這樣一路幫他換檔，直到抵達露營區。

露營區相當漂亮，每座帳篷都設立在木頭地板區，有自己專屬的空地與營火。

經過漫長的路程，雙胞胎一下車就樂壞了，馬上跑進樹林裡去探險。我本來以為朗尼會叫他們回來，要他們等帳篷搭完之後才准去玩，沒想到朗尼卻面帶微笑的看著雙胞胎消失在樹林間。

「好了，比利，你願不願意幫我搭帳篷？」

我還來不及回答，朗尼就把一堆睡袋放到我手上，指示我往最近的一條小徑走。

「快去快去，我們車上還有好多東西，全部搬完之後才能開始搭帳篷。」

我不介意幫忙，因為能夠離開育幼院和安妮魔掌的感覺非常好。於是我低下頭開始幫忙，一邊看著朗尼和瑪姬鬥嘴。

他們兩人像互鬥的犀牛，不僅個性都很硬，而且廢話超多，也都不吝於向對方表達自己的意見。

「你為什麼要把帳篷放在那裡？」

「因為那裡有樹蔭，這麼一來，早上帳篷才不會太熱。」

「這麼想或許沒錯，但如果風大的話，樹枝會一直掉到帳篷上，我們就別想睡覺了。」

「妳想太多了，那點小聲音不會影響我睡覺。」

「好吧！告訴你，我以前也有露營的經驗，如果你不肯採納我的意見，那就隨便你！」

在旁觀者的眼中，他們兩人大概很像結婚多年的老夫老妻，看不出來是逼不得已必須一起出來露營的同事。

我三不五時就得暫時停止，想辦法弄清楚帳篷到底怎麼搭，最後好不容易才搞定一切。我不知道朗尼從哪裡弄來這個帳篷，但是看起來還算不錯，這是一個大大的圓頂帳篷，裡面空間寬敞，而且高度可以讓人站直。我把睡墊、睡袋與枕頭擺好之後，帳篷裡看起來變得相當舒適，我敢說雙胞胎一定會非常喜歡。

我搞定帳篷與睡袋時，朗尼正在幫忙瑪姬搭帳篷。他不斷吹噓自己一定可以比瑪姬更快搭好帳篷，讓我一心想盡快離開現場，因為如果瑪姬一氣之下殺了朗尼，我恐怕會被誤認為兇手，畢竟我的嫌疑重大。

要找到雙胞胎並不難，因為他們在樹林裡的笑聲，遠在一公里外就聽得到。我在河邊找到他們，那條河從樹林裡流過，將一大片樹林一分為二，靠近河邊的樹木，樹枝垂落在河面上，景致美得像電影中的畫面。之前顯然已經有人發現這個極酷的景點，還在最高的樹枝上綁了一條繩子，繩子底端則繫上一個老舊的卡車輪胎。路易正推著坐在輪胎上的莉絲，讓她盪過河面。莉絲喜歡這種愈盪愈高的感覺，開心的笑咧了嘴。

看雙胞胎玩得這麼高興，而且不必與其他八名院童共用這個鞦韆，也沒有保護官在一旁催促大家輪流玩耍，讓我覺得好欣慰。

我突然想到：這才是正常的童年應該有的樣子，希望此刻對雙胞胎而言還不算太遲。

我們三人在河邊玩了一個小時，開心得不想休息，就連路易不小心從輪胎鞦韆上跌入冰冷的河中，也無法讓我們暫停。最後連莉絲也跟著跳進河中，朝著路易踢水，然後我們三人就開始打水仗。

我們玩到全身溼透而且氣喘吁吁，坐在河邊休息時，還不禁嘲笑彼此的狼狽樣。

「如果朗尼看見我們這副模樣，肯定又要大發雷霆了。」莉絲笑著說。

「我覺得我們可以在這裡突擊他，把他塞進輪胎裡，然後推入河中。比利，你覺得我們可以這麼做嗎？」路易問。

「從你們剛才玩得那麼瘋的模樣，路易，我相信這點小事對你來說輕而易舉。」

每次只要一談到對付朗尼的方法，雙胞胎就會有天馬行空的點子出現：他們提議在朗尼的襪子裡偷放蕁麻、在他的早餐裡偷加迷幻香菇，以及在他的睡袋裡放毒螞蟻。每個點子都讓我們哈哈大笑。

不過，在我們回帳篷的路上，路易突然問了一個出乎我意料的問題。

「等我們搬去和媽媽住之後，我們還有機會再見到朗尼嗎？」

我不知道應該怎麼回答，因此沒有說話。

「比利，我們可以再見到他嗎？」

「大概吧！我們週末碰面的時候，他應該也在。」

「說得也是。以前你住在珍和葛蘭特家時，朗尼都會開車載我們過去看你，不是嗎？」

那段回憶讓我不禁打了冷顫。

「而且我們回育幼院的路上，他還會買巧克力給我們吃。」莉絲說。「路易，你還記得嗎？」

「我當然記得。妳老是一直哭，哭到他答應停車買巧克力給妳。」

「我才沒有。再說，你也和我一樣又哭又鬧。」

「夠了，你們兩個。那些都不重要，對吧？」

「路易，反正朗尼也沒有因為我們哭鬧就生氣。」莉絲用一種「我早就告訴過你」的語氣說。「而且朗尼也不介意坐在我們房間門外。」

「什麼意思？」我被莉絲這句話挑起了好奇心。

「你不在的時候，朗尼都會坐在我們房間門外的走廊上，像你一樣。」莉絲說。「他會先念你最喜歡的床邊故事給我們聽，然後用棉被包住我們的腳。」

「我們不必告訴他應該怎麼做，因為他都知道。」路易補充。「有時候他甚至會在走廊上坐一整晚。」

「別傻了！」我感覺自己皺起了眉頭。

「是真的，比利。有一次我半夜醒來，想上廁所，一走出房間就看見朗尼還坐在走廊上。他還醒著，身邊放著一大堆文件。」

「路易，你有問他坐在那邊做什麼嗎？」

「我何必問他？他做的事情和你一樣啊！他想照顧我們。」

我們就這樣沿著小徑散步，慢慢走向我們帳篷旁邊那炊煙裊裊的營火。

24

露營的樂趣很多。

沒有其他院童在旁邊吵鬧挑釁，朗尼也不會忙著拖地板，讓育幼院充滿消毒水的氣味。但露營讓我最中意的地方，就是不必理會平常在育幼院裡必須遵守的規則。

我不需要一到傍晚五點鐘就得準備去搶晚餐，也沒有人在晚上八點鐘會提醒我去洗澡，就連上校也把那些規矩暫時拋到一邊。這種感覺宛如置身天堂，然而我看得出來，雙胞胎對於這樣的自由還需要一點時間適應。

「我們還不需要上床睡覺嗎？」路易看了手錶之後問我。

「今晚不必，路易。」瑪姬回答他。「我們今晚露營，露營有露營的規則。露營唯一的規則，就是沒有規則。」

莉絲轉頭看看朗尼，想確認他會不會反駁瑪姬的話，讓我忍不住笑了出來。朗尼點點頭，繼續在營火上烤香腸。

瑪姬在烤肉架上放了一個區隔架。我們明明已經有漢堡、香腸、肉串與馬鈴薯了，她竟然還給我們一人一顆橘子，要我們用橘子皮烤出巧克力馬芬，我們都覺得她瘋了。

老天，沒想到以這種方法烤出來的馬芬實在太好吃了！我們先取出橘子果肉，然後將調好的麵糊填入橘子皮裡，再拿到營火上烤。這是我頭一次比雙胞胎還興奮，不停檢查橘子裡的馬芬烤熟了沒，最後路易甚至還勸我冷靜一點，惹得朗尼與瑪姬哈哈大笑。

我一口氣就吃掉了我的馬芬，當瑪姬說她願意把她的馬芬讓給我時，我得努力克制自己才沒有立刻接受。我覺得自己不該搶她的馬芬吃，畢竟這是她的點子。

我們就這樣坐在營火旁吃光食物——大部分是他們吃的，不是我。聊天的話題慢慢轉移到我們在育幼院裡共度的節日，雖然那些回憶稱不上歡樂，但因為我們剛吃了巧克力馬芬，心情正好，所以也不太在意。我突然發覺，那些回憶竟然等於我一生的經歷。

「你們還記得我們之前去過一間在海邊的旅館嗎？」路易說。「那次湯米・劭德斯偷了清潔工的儲藏櫃鑰匙。」

「我怎麼可能忘得了那件事，是吧？」朗尼抱怨。「我在湯米的包包裡發現一大堆旅館提供的小餅乾。」

瑪姬聞言後笑得好誇張，我一度以為她會噎著。「朗尼，你應該誇獎湯米，雖然他偷拿東西，可是他很聰明，只偷波本餅乾。另外一種傑米餅乾難吃死了。」

「妳當然可以笑得這麼開心，那次又不是妳開車載湯米回旅館去解釋並賠罪。」

「其實何必那麼麻煩？他只不過偷了幾塊餅乾，又不是偷拿金塊。」

「瑪姬！湯米為了把那些餅乾裝進他的包包，把自己的衣物都丟進旅館房間的垃圾桶！

妳覺得我能坐視不管嗎？」

聽到這裡，我和雙胞胎都笑到失控。湯米從清潔工的推車上偷走鑰匙之後，興奮的叫我們幫他把一大堆餅乾塞進他的包包裡，結果他一回到育幼院就被朗尼逮個正著。我們那時還先把餅乾的包裝盒丟在海邊的垃圾桶，以免讓旅館清潔工發現。

湯米離開育幼院已經很久了，然而那次的事蹟為他寫下一頁傳奇。

當我們差不多把各種話題都聊完時，太陽早已下山，四周只剩下營火的光亮。我看得出來雙胞胎都累了，可是如果上校沒吭聲，我也不急著趕他們去睡覺。

最後路易在椅子上打起瞌睡，莉絲發現後樂壞了。

朗尼怕路易跌進火堆裡，便將路易抱回帳篷。

莉絲主動跟在朗尼身後走回帳篷，雖然他沒有叫她這麼做。莉絲在離開前問我：「比利，你也要睡覺了嗎？」

我捏捏鼻子，然後搖搖頭。「不急，我想在這裡多坐一會兒，看瑪姬能不能再替我烤一個馬芬。」

莉絲望著我，我覺得她希望我坐在他們的帳篷外等她睡著，然而她沒有開口要求我，只是聳聳肩笑了一笑。

「我們不會替你留床位喔！」莉絲笑著表示。「我和路易覺得那個帳篷兩個人睡剛剛好，三個人睡就太擠了。」

她說完後就鑽進帳篷。

看雙胞胎可以不需要我就自己去睡覺，我應該要覺得開心才對，可是莉絲最後那句話讓我心神不寧，讓我感覺他們未來的一切都只需要靠他們自己，我會變得孤孤單單。朗尼從帳篷出來之後，雖然表示想繼續和我聊聊美好的往事，但是無濟於事，因為寒暄的時機已過，我現在只想靜靜坐著看營火。

「回想以前那些假期很有趣吧？你還記不記得那次我們出城去，結果因為下大雪而被困在小屋裡？那時你很擔心我們會在小屋裡冷死或餓死。」

「很有趣。」我死氣沉沉的回答他，視線沒有離開營火。

「我想，我最喜歡去康瓦爾郡公園的那次度假，那裡的滑水道是我見過速度最快的一個。」

我根本懶得接話。

我從眼角瞥見朗尼對瑪姬使了一個眼色，瑪姬便決定去清洗餐具。瑪姬離開之後，朗尼把自己的椅子拉到我身旁。

「比利，你還好嗎？你突然變沉默了。」

朗尼對我說這句話的時候，還把手搭在我的肩膀上。他這個舉動真的惹毛我了。我嫌惡的甩開他的手，心情頓時變得更加惡劣。

「你到底有什麼毛病？為什麼一天到晚管我的心情好不好？」

「冷靜一點。為什麼你突然擺臭臉？到底怎麼回事？我還以為我們今天玩得很開心。」

「老樣子，原因出在你身上，因為你總是搞不清楚什麼時候應該讓我獨處，一天到晚只會問東問西，拚命想知道我在想什麼！」

「我只是關心你。這就是我在這裡的原因。」

「不，朗尼，你在這裡的原因，是因為你領了薪水。我說得沒錯吧？我對你來說一點也不重要，我只是你的收入來源，就是如此！」

「比利，別這樣，你不是真心這麼想的，對吧？相信我，我關心你並不是為了薪水。」朗尼試著撐起笑容。「如果你看看我的薪水單，就會明白這一切與錢無關。我只想幫助你，我想成為你信任的人。我們已經認識這麼久，基本上就像家人，難道不是嗎？」

我立刻站起身來。

「不許你說這種話！」我不高興的回他。「你少在我面前提起那兩個字！我不想聽！我們不是！」

朗尼一時之間有點茫然。「哪兩個字？」

「你知道是哪兩個字！家人！你有你的家人！你有太太，你有兩個寶貝兒子！我們都知道，你每次快要下班時都迫不及待想趕回家去，與你的家人相聚。」

「別這樣說，比利，事實並非如此。相信我，真的不是。我非常關心你，我認識你的時間比任何院童都還長！」

「但是我永遠不可能變成你的兒子，你最好搞清楚這一點！我比不上你那兩個寶貝兒子，所以別在我面前說什麼家人，我們都知道你的心思只在他們身上。」

朗尼靠近我，我看見他眼中閃現一絲不悅。

「你心裡就是這樣想的嗎？」朗尼停頓了一會兒，然後以充滿軍人威嚴的方式盯著我看。「你知不知道我最後一次看見我的大兒子是什麼時候？」

「我怎麼會知道？」

「六個月前。」

我不以為然的翻翻白眼，這個反應讓朗尼更不高興。

「少裝出那種表情，我沒有騙你。我已經六個月沒見到他了，他每次回來找我都只是為了要錢。」

「他出了什麼問題？你沒有拿管教我的方式去管教他嗎？」

「他出了什麼問題與你無關。」

從他的眼神，我敢說他大兒子的問題肯定很嚴重。

「朗尼，你剛才這些話正好符合我心裡的想法——你知道我所有的事，但是我對你一無所知。」

「什麼意思？」

「育幼院裡有我的各種檔案，還有出自你手的各種報告，裡面寫滿尚恩以前對我做過什麼事。你對我的一切瞭若指掌，可是我連你住在哪裡都不清楚！」

朗尼深深嘆了一口氣，用手撥撥頭髮。

「你想知道我住在哪裡？」

「我才懶得管你住在哪裡！」

他從椅子上站了起來，開始繞著營火踱步。我看得出來，我已經逼出朗尼與平常不同的那一面。

「比利．芬恩，你知不知道，對你好真的很難？我每天來上班時，都希望能看見你的笑容，或者聽見你說一聲『早安』，可惜機會渺茫。我大部分的時候都得把你壓在地板上，但那是我最痛恨做的事。」

「那你就別那麼做，因為我也不喜歡。」

「比利，你到底希望我怎麼對待你？」朗尼現在真的動怒了。我們兩人隔著熊熊燃燒的營火，火光中的他看起來更加可怕。「你想知道什麼？我告訴你我很關心你，你卻不以為然；我告訴你我和我兒子關係不好，結果也被你反譏。我到底要對你說什麼，你才能相信我對你的關懷與我的薪水無關？」

這時我不經思索，就直接把心裡的疑問說了出來。

「你那些傷疤是怎麼來的？」

朗尼停下腳步，營火也停止閃爍。

「什麼傷疤？」

「你背上的傷疤。之前我們練拳的時候，我看見你背上有疤。」

我看得出來朗尼不想回答，因為我的問題讓他想起他不願回憶的往事，雖然他盡量裝得若無其事。

「我以前在軍隊裡出了一點意外，很久以前。這沒有什麼好說的，不過我可以告訴你，那些傷疤不是因為戰爭受傷。」

「所以那些傷疤到底怎麼來的？」我不打算就這樣讓朗尼含糊帶過，我要挑戰他的極限，看看他是不是真的那麼在意我。

「比利，你知道，有些事情過去就過去了，那不是一段光彩的往事。」

「我被我繼父毒打難道就很光彩嗎？告訴我！而且，只要你保證將來不再提起尚恩，我也不會提到你的傷疤。你知道，有些事情過去就過去了。」

當朗尼在我旁邊的椅子坐下時，我看見他顯露出一絲罕見的緊張，也許是因為營火的火光照亮了他臉上每一條細紋。當他再度開口時，情緒顯得相當緊繃。

「從軍對我而言是一件大事。其實我也不明白為什麼自己要加入軍隊，但我就是想這麼做，而且我從小就打定了主意。因此，我進入軍隊之後適應得很快。有些朋友比我早入伍，他們告訴我基礎訓練很難熬，讓他們一天到晚嘔吐或拉傷肌肉，因此我花了整個夏天做好準備，結果基礎訓練對我來說非常輕鬆。很多人受不了那段訓練過程，我這輩子從來沒有看過那麼多人病倒。」

朗尼看著我，想知道我是否覺得無聊，以決定自己是否該住嘴。我忍住打呵欠的衝動，以免他不好意思繼續。

「我受完基礎訓練進入軍團時，幾乎是全團身材最高大的一個。雖然我並非最強壯或動作最迅速，但是我很驕傲，你懂嗎？我一點也不怕與別人起衝突。這種行事風格讓我引人注目，尤其是學長們的注意。我剛進去的時候，經常因為一點小摩擦就和別人打架，惹得上頭的長官很不高興，使我很不受歡迎。」

「他們因此訓誡你嗎？」

朗尼用手擦擦額頭。

「也不算是，但他們找方法挫我的銳氣。」

「是嗎？他們用什麼方法？」

「許多軍團都有迎新活動，有些活動很無聊，例如測試你的酒量，或者脫光你的衣服、拿走你的裝備，再把你丟進森林裡。」

「聽起來很有趣。」我語調平淡的表示，好讓朗尼多說一點。

「他們決定——他們其中六個人決定——要測試我到底有多強悍。於是，某天夜裡我在睡覺時，他們衝進我房間，蒙住我的眼睛、綁住我的手腳，然後把我丟進一輛車的後車廂。」

我不自覺的在椅子上坐直身子，心跳開始加速。

「一開始我試著冷靜，告訴自己，他們只是想把我丟進森林裡，就像他們之前對其他人那樣，然而當車子停下來的時候，我們並不是在森林裡，而是在一條荒涼的碎石子路，前不著村，後不著店。他們把我拖出後車廂，脫光我的衣服，然後將我的雙手綁在車子的後保險桿上。」

「當時你害怕嗎？」

「你認為呢？我根本嚇壞了。一方面，我認為他們可能只是想嚇唬我，但是另一方面，我也知道自己真的惹過他們其中幾個人，而且那些傢伙都不寬宏大量，你懂我的意思嗎？」

「但結果他們只是想嚇唬你，對不對？」

「你錯了。他們用大約三公尺長的繩子綁著我，然後發動引擎。一開始，他們只是慢慢的開，讓我必須在車子後方小跑步，害我汗流浹背。但後來他們覺得讓我緊跟著車子跑還不夠刺激，因此加速前進。」

「那你怎麼辦？」

朗尼看了我一眼，彷彿我問了一個很蠢的問題。「你認為呢？我當然開始快跑，起碼我嘗試快跑。可是路很陡，跑了幾分鐘之後，我就因為失去平衡而跌倒。結果我就背部貼地，被他們一路拖著走。」

「他們有沒有停車？」

「嗯，他們開了大約一百公尺之後才停車，那個時候我的背已經被碎石子路磨爛了。醫務人員花了好幾個小時替我清創，將小碎石從我的背上挑出來。幸好其他同袍及早發現我。」

「你是說，那些傢伙把你丟在那裡不管？」

「他們都這樣對付我了，你覺得他們會好心送我去醫院嗎？在他們眼中，我實在太看扁他們、太冒犯他們了，這只是他們確立自身尊嚴的方式。」

我不知道要有什麼樣的反應，因為我不敢相信自己聽見的一切。

「但你應該已經狠狠報復他們了吧，對不對？你說過，你可以輕易打倒他們。」

「我可以打倒他們，但是他們有六個人，我寡不敵眾。再說，我知道自己可以不花一絲力氣就戰勝他們。」

「我不懂。如果你沒有痛揍他們一頓，你如何報復他們？」

「那些傢伙一輩子都待在軍隊裡，他們只懂軍隊的生態，沒有其他生存技能，而且他們也喜歡躲在軍隊裡。所以我利用這點反擊他們，我迫使他們從軍中退役。」

我想壓抑驚呼的衝動，但還是忍不住。「你的意思是，你跑去打小報告檢舉他們的惡行？」

「對。」朗尼回答時沒有一絲後悔。「我知道我當時年輕氣盛，很討人厭，如果我是他們，我也會討厭我這種人。可是他們的行為讓我幾乎喪命，比利。要是他們車子多開幾公尺，或者我撞到頭部，我可能就死了。難道你認為我不該舉發他們的惡行？」

「呃，我不是這個意思。但軍隊裡不是講求團結嗎？」

「是的，軍隊講求團結。雖然我在後來的二十年當中還是會與同袍起衝突，但是再也沒有檢舉過別人的惡行。」

朗尼站在營火旁，將幾根小樹枝踢進營火中。

「我猜，我要表達的重點是，有時候靠打架解決問題或許很簡單，可是你愈常打架，就愈難靠打架解決問題。這個答案是否回答了你心裡的疑問？」

我點點頭，心中百感交集，但現在似乎說什麼都不妥。

「好了，我覺得我應該去幫幫瑪姬的忙。如果我把所有碗盤都丟給她一個人洗，她肯定會殺了我。你小心看著營火，別讓火熄了，我睡覺之前還想煮杯茶來喝。」

朗尼頭也不回的走進樹林裡，留下我一人獨自沉思。

25

接下來的幾個星期，我都是在黑暗的雲層中度過的。拍攝影片與露營雖然都很好玩，但是結束之後只會不斷提醒我一切將有所不同。無論我如何看待即將到來的轉變，雙胞胎都會離開我。倘若改變真的發生，我該如何是好？

當初審查會議要求我端正言行，如此才能讓我保住雙胞胎。但如今雙胞胎離開我身邊已成定局，我已經不需要繼續扮演乖孩子。

學校一直讓我痛苦萬分。我的意思是，我在學校裡根本學不到東西，但是又得待在裡面浪費一整天。

有時候我會勉強自己去上學，反正有黛西陪我打發時間，但有時候我覺得學校實在太無聊，所以乾脆蹺課，寧可躺在床上思考應該把黛西送我的星星貼在哪個位置。這顆新的星星目前還收藏在盒子裡，靜靜躺在我的抽屜中，因為假如我將它隨便貼出來，它一定會像其他星星一樣，很快就失去光芒、失去生命。育幼院這個地方就是有本事把一切變得槁木死灰。

朗尼當然發現我心情的轉變，儘管他想盡辦法替我解愁，但是他能承受的拳頭畢竟有限。

朗尼鼓勵我自己一個人練拳、打沙包，可惜我提不起勁，因為我根本對拳擊這種運動沒興趣，假如沒人在我面前揮拳頭，拳擊對我毫無意義可言。

而且，坦白說，拳擊這件事本身也是個問題。一開始還不明顯，但隨著我每次戴上手套，尚恩的臉就會在我腦中變得愈來愈清楚。而且更糟糕的是，每次我練拳之後，還是無法忘掉他。我花了好幾個星期，想搞清楚這到底怎麼回事：我已經好多年沒看過尚恩了，我知道他在幾年前就已經和安妮分手，為什麼我還會一直想到他？為什麼他還一直出現在我腦中？為什麼我一心只想要以他當年打我的方式痛揍他？

我每天都會想到尚恩，無論我醒著或睡著，而且我覺得他正慢慢從我體內浮現，準備將我拆解。我原本透過練拳來控制的怒氣，如今又漸漸隨著尚恩湧出，讓我不得不變回本來的自己。我又開始回到馬路上，隨意砸窗、砸車，想辦法發洩我的憤怒。我已經沒有辦法靠喝伏特加壓抑火氣——相信我，因為我試過了。

更糟糕的是，黛西也開始變得乏味無趣。我們還是會一起打發時間，但是她經常放空，老是動也不動的一直盯著某個東西，宛如她這輩子從來沒看過那玩意兒，感覺真的很怪異。而且，黛西整個人似乎小了一號，彷彿在她爸爸那件大襯衫底下縮水了。她走路總是慢吞吞，而且雙手交叉於胸前，看起來像一直抱著自己。

直到某天我們在學校裡起了小衝突，我才搞清楚黛西是怎麼回事。那天她像喪屍一樣在走廊上慢慢走著，我從背後叫她，但是她不理不睬，我只好跑向前去，從後方拉住她的手臂。其實我並沒有使用蠻力拉她，但她像發瘋似的對我大吼大叫，簡直像精神分裂症患者。

「放開我！」黛西咆哮大喊，同時將手抽開，臉上的表情顯得非常痛苦。「你想幹什麼？為什麼偷偷摸摸跟在我身後？」

「妳冷靜一下好嗎？我們不是說好了下一堂課要一起蹺課？」

「就算如此，你也不必對我動手動腳吧？老天，比利，你真的很野蠻！」

黛西將手臂彎在胸前，我看見她的衣袖上有一抹血痕，血跡像原子筆的墨水不斷滲出。

「伙伴，妳還好嗎？妳的手流血了。」

「不，沒有流血，我沒事。」

「妳看起來不像沒事，而且好像愈來愈嚴重。要不要我替妳包紮一下？妳不可以這樣血淋淋的走來走去。」

「我已經說了我沒事！我只是抓癢的時候不小心抓傷自己……」

「那才不是抓傷，妳最好找人替妳搽——」

「不要管我好嗎？比利，你以為你是誰？你根本不了解我，不需要在那裡虛情假意的說要幫我！」

黛西氣呼呼的往走廊那頭走去，身影轉眼間消失。

其實我一點也不難想像她發生了什麼事。當我想通時，真的好恨自己沒有早一點看清真相。

黛西自殘。

我之前也看過其他院童自殘。我不太了解這種行為，但我知道會有這種情況發生。之前有一個女生在我們那間育幼院裡住了一小段時間，她經常轉換育幼院，表示自己在三年內曾待過十二個不同的地方。沒有人相信她，但我們都看得出來她的狀況不太好。據說她的叔叔傷害過她，當她搬到我們那間育幼院的時候，早就已經自殘了好幾個月，而且天天自殘。那個女生沒有待很久，大約兩個月之後，保護官就宣告無力照顧她。瑪姬每天都花很多時間幫那個女生療傷，並且與她的心理諮商師溝通，可是這麼做沒有任何幫助，因為替她包紮左手後，她又馬上拿刀割自己的右手。

某天晚上，有一個年紀比較大的院童問那個女生，為什麼她要傷害自己。

「因為這是我可以做到的事。其他事我都無能為力，我只能靠著傷害自己來感受控制權。」

院童們會坐在一起討論那個女生為什麼這麼做，因為我們真的不明白，她為什麼選擇如此對待自己？

有人說，那個女生只是想遵循精神科醫師的建議，試著掌控自己的人生。但是這也說不通，畢竟哪有人會為了自我掌控而選擇殘害自己？

我想找她問清楚，但是過了幾天她就離開了。那個已經換過十幾間育幼院的女生，不知道接下來會去哪裡？

當我發現黛西也自殘時，真的被嚇壞了。我想告訴黛西「這沒什麼」、「我了解」，但這些都不是我的真心話。

幾天後，我和黛西坐在涼椅聊天，我想要重提這件事。這天黛西又像平常一樣，不停說著她討厭哪部電影，因為那部片子的內容缺乏新意。

她完全不談那天在走廊上發生的事，就算我提起，她也顯然不願再多聊。

「妳這幾天還好嗎？」

「什麼意思？」

「妳懂我的意思。我想關心妳的手是不是好些了。」

黛西沒有說話，只是靜靜的吐一口煙。

「我不想多管閒事，可是——」

「那就不要再問了。」

「黛西，別這樣，妳明明了解，我只是想幫妳。」

「不需要。我自己會搞定。」

「那天的情況看來並非如此，妳當時似乎很痛苦。」

「聽著，比利，我知道你想幫我，可是你幫不上忙，好嗎？就算我告訴你，一切也於事無補。有時候我可以自己搞定，但是現在沒辦法。」

「為什麼？發生了什麼事？」

「沒事，碰巧最近日子比較難熬，如此而已。就算我找人訴苦，說得再多也無法改變任何事。既然如此，我何必白費唇舌？」

黛西說到這兒，就拿下叼在嘴邊的菸，眼睛望向遠方。

這讓我相當挫折，因為我以為我和黛西之間沒有祕密，分享這種事對我們來說應該相當簡單，我又不是要占她便宜。當初她對雙胞胎說我沒有機會當她男朋友，其實我就已經打消與她進一步發展的念頭了。難怪她想和我保持距離。

我很擔心黛西，不知道她與那些同住的朋友是不是起了衝突。從她以前透露的訊息，她顯然和那些朋友不太親近，但我更擔心發生了其他事，也許那些人欺負她。我甚至考慮要跟蹤她回家，仔細探查她居住的地方，以便了解到底發生什麼事情。

我當然沒有真的這麼做，因為要是被黛西發現，後果不堪設想。所以我只能坐在涼椅上，望著她漸漸遠去的背影，最後消失在路的盡頭。我總是先讓黛西離開，五分鐘之後再踏上同一條路，前往珍和葛蘭特的家，希望哪天他們家走廊上的燈會再度亮起，就像幾個月之前那樣。

我懷著這種期待，愈來愈常溜回珍和葛蘭特的家。我會站在他們家門外，身體倚在路燈上，後悔為什麼自己要搞砸一切。我原本可以擁有一個家，但我毀了它。雖然我一天到晚推說是他們的錯，但我非常清楚所有的錯都是我造成的。我配不上他們，他們值得擁有更好的孩子。

我在這間屋子外徘徊時，不知道自己到底期待著什麼。畢竟，我已經好幾年不曾回到這裡。

我甚至不知道自己為什麼要回到這個地方。被珍與葛蘭特擋在門外已經夠讓我意志消沉了，為什麼我還要來這裡讓自己更不開心？我想我是自找的。

這附近的房子看起來還是很像狗窩。有些房子的前院堆了許多破銅爛鐵，足以打造出好幾輛車，但有時候我覺得這些房子很獨特，有值得它們自己驕傲的地方，雖然都不是什麼豪宅，不過看起來還算整齊，屋主肯定費了心思維護。

當我轉到富比士大道時，本以為回憶會排山倒海而來，結果什麼都沒有。這裡早就不是我家了，它只是我曾經住過一段時日的地方。

我還記得那間屋子裡的狀況，因為裡頭的情形和安妮的腦袋一樣：一團亂。她每天只顧著喝酒，當然沒時間整理院子裡的花草。安妮和尚恩只有在出太陽的好天氣才可能走進院子，一邊晒太陽一邊喝啤酒，心情好的時候還會喝點廉價的威士忌。一百年後如果有人來這間屋子的院子挖寶，可能會以為這個地方原本是一座啤酒工廠。

我猜自己也是來這裡挖寶的。我希望看見這間房子和從前一樣亂七八糟，我希望能回去向朗尼證明他錯了，逼他低頭承認：「比利，你說得對，安妮沒有辦法照顧雙胞胎，我們決定取消計畫。」

然而當我站在安妮家門前時，所有的希望都破滅了。因為房子看起來很正常，院子裡沒有啤酒罐，窗台邊也沒有空酒瓶，純粹是一間很普通的小型聯排屋。這讓我感到相當憤怒，氣得彎腰從地上抓起一塊石頭，準備砸向窗戶的玻璃。正當我舉起手臂的時候，突然有人在我身後叫我。

「比利？」安妮站在暗處瞇著眼睛看我。「你怎麼會在這裡？」

我想找個理由，卻什麼藉口都想不出來。石頭從我手裡掉落在地上。這時安妮又開口了。

「你還好嗎？你的氣色看起來很差。」

我根本不覺得她是否在意我的氣色如何。

於是我脫口而出，說：「才怪！我很好！我也不知道自己來這裡做什麼，但反正我要走了……」我大步從她身旁走過。

「你是不是有什麼話想說？」她大聲叫住我，讓我停下腳步。

我確實有很多話想對安妮說，但我不覺得她有興趣聽，所以我乾脆直接說明來意。

「妳想知道我來這裡做什麼？我只是想看看妳住的地方，因為根據我以前的印象，這裡是個狗窩，不是人住的地方。」

出乎我的意料，安妮並沒有反駁我說的話。事實上，她幾乎沒有反應，臉上保持同樣的表情，看起來既困惑又悲傷。

「你要不要進屋裡看一看？如果你是專程跑來，卻沒有進屋裡去，不是很可惜嗎？但是有一點我很清楚：請你不要打破窗戶，這間房子看起來才會更像樣。」

我原本希望安妮沒發現我手裡的石頭，但就算被她逮到，我也不打算道歉。如果我打破她的窗戶，也是她應得的懲罰。

「我不想進去那個地方。就算妳重新油漆整間屋子，也無法改變裡面曾發生過的事。」

我看得出這句話傷到她了，她的手伸進包包裡拿出一包菸，我發現她點火的時候手在微微顫抖，而且她吸了好大一口菸，宛如那根菸是她的人工呼吸器。

「那已經是好久以前的事了，比利。事情會改變，你明白嗎？」

「是這樣嗎？」我不屑的回嘴。「我不覺得事情會改變。妳也許騙得了別人，騙得了那些社工人員或保護官，但是騙不了我。我知道妳在打什麼主意。」

「是嗎？我在打什麼主意？」

「妳根本一直沒變。妳是個酒鬼，也是個騙子。」

安妮伸手擦擦額頭，香菸的煙霧在她頭頂上形成一個髒髒的光圈。

「我是個酒鬼，比利，可是我滴酒不沾已經超過三年了。如果你想知道我是從哪天開始戒酒的，我可以告訴你。」

「好啊，妳說啊！妳為什麼不直接說出來？妳根本連自己孩子的生日都不記得！」

「我當然記得你們的生日！我從來不曾忘記過！」

「那妳為什麼連張生日卡片都沒寄過？妳不知道我們住在哪裡嗎？」

這時安妮抽完了第一根香菸，低頭點燃第二根。

「比利，你老是不肯放掉過去的事。我這幾年都記得雙胞胎的生日。」

「那我的生日就不重要了嗎，是不是？」我氣憤的脫口而出，然而這句話才說出口，我立刻就後悔了。

「聽著，比利，我們不要在外面討論這些事。和我到屋裡去，我泡杯茶給你。」

她試著拉我走向她家。

安妮一碰到我，我手臂上的寒毛就馬上豎立起來。那雙手不是母親的手，一點也不柔軟細緻，不是我記憶中那雙在我做噩夢或跌倒時撫慰我的手。她的手又粗又老，像是陌生人的手。

「不必了，安妮。」我直呼她的名字，讓她嚇了一跳。「我不是來這裡和妳聊天的。我只是來確認一下這間房子的狀況，是為了雙胞胎，不是為我自己。我一步也不想踏進這間屋裡，因為妳當初放任那個傢伙在裡面傷害我們。」

我轉身走開，但是她叫住我。

「比利！你以為我忘得了那些事嗎？這些年來我一個人住在這間房子裡，除了他傷害你們的那些回憶之外，我一無所有！我知道我不該讓他那麼做！」

安妮的眼中盈滿淚水，然而那是冰冷的眼淚，那些眼淚不是為我而流，而是為了她自己。

「可是我現在已經變了。我戒酒了，而且我想讓生活變得更好。我知道我沒有辦法改變一切，但是我可以試著讓生活好轉。」

「用什麼方法讓生活好轉？拆散我和雙胞胎嗎？我才是一直守護在他們身邊的人，但是妳卻打算把他們從我身邊搶走！妳害怕我告訴他們妳的真面目，告訴他們妳是個酒鬼，告訴他們妳男朋友因為我不是他親生骨肉而痛打我時，妳只會袖手旁觀！」

說到這裡，我突然想起一件事。

「所以妳才會簽署放棄親權同意書，不是嗎？所以妳才希望我被珍和葛蘭特收養！因為尚恩不要我！少了礙眼的我之後，妳在雙胞胎心目中就可以永遠保持母親的良好形象——雖然妳根本不是！」

淚水不斷從安妮的臉頰滑落，但是她沒有伸手拭淚。

「別這樣想，比利。當初我根本不知道自己在做什麼。當時我還在酗酒，每天醉醺醺的。有人建議我放棄你，讓你有機會被好人家收養，因為這麼做對你比較好。」

「誰？誰給的建議？」我大吼。「是尚恩嗎？妳聽他給的建議？」

「不，不是他，是社工人員。他們說我沒有能力好好照顧你，你的需求只有其他人才能滿足，我無力提供。」

「所以妳就放棄了我？就這麼簡單？」

「我也不想這樣，比利。可是你一天到晚發脾氣，我不知道如何與你相處，也不知道怎麼安撫你的情緒。你總是那麼……那麼……那麼愛生氣！」

我試著壓抑自己，證明我也能保持冷靜，可是怒火在我胸中燃燒，如果不讓這把火發洩出來，我肯定會爆炸。

「我的問題是誰造成的？安妮，誰應該負責任？我們來想想看，我的壞脾氣是向誰學的？」

「我從來沒有對你發脾氣，比利。我當時只是生病了，搞不清楚自己到底在做什麼。」

「可是妳袖手旁觀，看著他傷害我！妳看著尚恩狠狠毆打我！妳從來沒有試圖阻止他，一次都沒有！」

「我想阻止他，真的！但是我很害怕！」

「妳才不是害怕！安妮。」我緩緩搖頭。「妳是喝醉了。把自己灌醉要比當個好媽媽簡單多了，這也是妳離不開尚恩的原因，因為他會提供妳需要的東西。他會給妳酒喝！」

我轉頭走開，因為我想聽的都聽見了。但是她不肯就此罷休，開始像個瘋子一樣追著我跑，並且大吼大叫。

「可是我已經戒酒了！比利，你聽見沒有？我已經改頭換面了！」安妮對著我怒吼。

「你卻沒有改變！你知道嗎？這就是那個家庭不想收養你的原因！你從來不讓別人靠近你！更別說讓別人愛你！」

「這又是誰造成的？」我問她。

我又走了幾步路，然後決定最後一次轉頭看她。

「我知道雙胞胎將回到妳身邊，因為妳說服社工人員妳可以照顧雙胞胎。可是我要妳記住一件事：我了解妳！等妳搞砸的時候，我是說『等妳搞砸』而不是『如果妳搞砸』——雙胞胎一輩子都不會原諒妳，那些保護官也不會原諒妳。等到那個時候，我們再來看看是誰沒人愛吧！妳等著瞧！」

當我說完這句話，我看見安妮整個人愣住，然而這一幕並沒有因此讓我覺得開心，因為接下來即將發生的事，肯定會造成傷害，可能是對雙胞胎，也可能是對我。但我現在無能為力，只能眼睜睜等著事情發生。

26

對一般的孩子來說，連續國定假期是他們到海邊或公園玩耍，或者是回爺爺奶奶家受寵的日子，但對於住在育幼院的院童來說，卻不是這麼一回事。至於在我的世界裡，那些爛人保護官竟認為這三天假期正是將雙胞胎送到安妮家住的好時機。

這無異是世界末日的開端。從今天開始，雙胞胎的心都只會向著安妮、向著他們的新房間、向著他們可以在路邊一起玩耍的新朋友。這只是時間早晚的問題——我認為只需要幾個星期，雙胞胎就會完全忘掉育幼院的一切，同時也把我忘得一乾二淨。

朗尼試著安撫我，表示會經常陪我一對一練拳，但是沒有用。無論朗尼怎麼做，都無法減少這件事對我的打擊，或讓我減少一絲絲孤寂的感覺。

那天早晨，我看著陽光透進我的房間，路易還蜷在我身旁沉睡，和過去這幾個月以來一樣。自從路易得知要回安妮家住之後，他每天夜裡都會跑到我房裡睡覺。我不禁擔心他到安妮家之後要如何適應新生活，但也不忍心把他抱回他自己的房間。除此之外，因為有路易的陪伴，我才能夠放鬆情緒小睡片刻。

然而莉絲截然不同。她似乎比較能接受這項安排，甚至有一點小小的興奮，唯有在她半夜醒來發現路易不在房間時，才會跑來找我們。

雙胞胎知道接下來的轉變，因為那些爛人保護官為了讓他們有心理準備，已經把這項安排告訴他們，並且鼓勵他們學習獨立。保護官還找來一位心理諮商師。那個心理諮商師要求雙胞胎想像回母親家居住的情景，並且畫出來。我不確定究竟是誰的作品比較令我傷心：莉絲畫得非常詳細，畫中有一棟房子、一座花園，還有四個人站在門廊前揮手：她自己、路易、我和安妮；路易只用單色色筆畫出一張潦草的圖，房屋的煙囪沒有冒出白煙，院子裡花圃沒有百花齊放，只有三個臉上沒有笑容的小人——我不在他的畫裡。

我猜路易的畫可能把保護官嚇壞了，因此心理諮商師把我找去說了一番大道理，要我盡力協助雙胞胎做好心理準備。希望我在有空的時候或雙胞胎有問題的時候盡量與他們聊聊。然而，這些大人到底期待我對雙胞胎說些什麼？我怎麼可能告訴雙胞胎這對他們而言是最好的安排？因為我心裡根本只想把雙胞胎鎖在我房間裡，希望他們一秒鐘都不要離開我的視線。這件事爛透了，這整件事情都爛透了，可是我沒有辦法躲避。

那天早晨當我下樓時，我實在不知道在安妮抵達前的這幾個小時該如何打發。保護官和心理諮商師都表示，為了雙胞胎好，我們必須盡量表現得和平常一樣。幸好朗尼依舊以軍事化的管理方式規畫早上的行程，這是我頭一次願意聽他安排，心裡沒有一絲抗拒。

朗尼打破慣例，為我們準備了正規的英式早餐。朗尼向來規定只有星期天早晨才能吃得這麼豐盛。我看他津津有味的吃完自己盤中的早餐，不禁懷疑他是因為自己想飽餐一頓才特別破例。

他當然沒有恩准我們不必洗碗。我們花了整整三十分鐘才把碗盤清洗到合乎他標準的乾淨程度。當我們把洗好的碗盤擦乾時，我發現其他院童正一個個走出大門，從他們隨身攜帶的物品，我看得出來他們今天一整天都不會再回到育幼院。

我必須承認，看他們離開讓我鬆了一口氣，因為我今天不想被任何人挑釁，更不希望自己在和雙胞胎共處的最後一日還得被保護官們壓在地毯上。雙胞胎不該留下不好的回憶。

對於其他院童的暫別，朗尼似乎也鬆了一口氣。當小巴士駛離育幼院時，我看見朗尼緊繃的臉色稍微放輕鬆了一些，然而當他轉過身來面對我們時，又變回原本那個一臉擔憂的男人。

「好了，伙伴們，我們去電視房坐坐，好嗎？比利準備了一份禮物要給你們。」

我皺起眉頭，不確定朗尼指的是什麼。

「比利，你準備的影片呢？」朗尼小聲對我說。「我覺得現在是讓他們觀賞這段影片的好時機，你要我去你房間拿嗎？」

「呃，不必了，沒關係，我自己去拿。」我回答。

雖然我從未想過要和雙胞胎一起觀賞我準備的影片，但我覺得這麼做也很合理，如此一來，我就能夠向他們解釋拍攝影片的目的，讓他們帶著回憶離開。

觀賞這段影片的感覺很奇怪。黛西把影片交給我之後，我還沒觀賞過。雙胞胎看見我出現在畫面上時，一開始還哈哈大笑，但隨後就馬上停止，似乎能明白我拍攝影片的苦心。他們兩人都搶著坐在我旁邊，不過後來莉絲滑到地板上，最後還乾脆趴在地板上，雙手托著下巴，讓人誤以為她又重看《公主新娘》，只不過少了路易在旁邊蹦蹦跳跳。

路易依舊坐在我身旁，雖然他看見我介紹那面美術牆時笑個不停，但我看得出來他的情緒十分緊繃。他握著我的手，握得好緊好緊，於是我輕輕將他摟進懷中。

一直到影片快要結束前，朗尼出現在螢幕上，才吸引了我的注意力。坦白說，我早就忘記那天朗尼也要求黛西拍攝他。螢幕上的朗尼開始說話時，看起來有點緊張。

「哈囉，你們兩個！我是朗尼。」

雖然朗尼裝出一派輕鬆的模樣，但是他坐姿端正、衣衫筆挺、頭髮整齊，還是給人一種軍隊出身的氛圍。

「希望你們不介意我出現在比利的影片中，我只是想打聲招呼，呃，順便向你們說再見。我很高興能夠在這段日子裡擔任你們的主要保護官，事實上，當初你們三個人第一次來到這裡的時候，我也在場。很難想像你們已經在這裡住了這麼久，我們也相處了那麼久。我……呃，我只是想祝福你們搬回去與母親同住之後可以快快樂樂。擁有家人是一件很美好的事，你們只有一個母親，所以請好好照顧她，並且乖乖聽她的話。這些年來，我已經忘了我曾經幫你們鋪過多少次床，希望你們不要讓安妮像我一樣每天提醒你們鋪床，好嗎？」

朗尼說最後一段話的時候，先朝著鏡頭揮揮手，然後黛西就把鏡頭往下移，但是沒有關機。這時朗尼又開始說話了。

「喔，另外還有一件事。比利把你們在這裡生活的周遭環境拍攝下來，我覺得是個非常棒的點子，但你們將來永遠不該忘記的，並不是這間育幼院，也不是曾經在這裡照顧過你們的人。

「你們永遠不能忘記的，是你們的哥哥。因為比利是一個……怎麼說呢？我從來沒有見過像你們哥哥這樣的人，多虧有他的照顧，你們現在才能如此聰明活潑。有時候我幾乎忘了他其實只比你們大六歲。我不該忘記這一點，但我有時候真的會忘記，因為他從八歲就開始扮演你們母親與父親的角色。因此，無論如何，你們絕對不能忘記他為你們做的一切，也不要忘了常常打電話給他。就這樣，祝你們開心，我不久之後就會去看你們。」

朗尼說到這裡就結束了，螢幕變成一片漆黑，接著又傳來我說話的聲音。然而這個時候我已經看不清畫面，因為我早就被盈滿的淚水模糊了視線。

我是不哭的，我已經好幾年沒哭了，因為憤怒讓我不再流淚。所以，當我因朗尼的話語而鼻酸掉淚時，除了趁沒人發現之前趕緊嚥下感傷之外，我不知道自己還能怎麼做。我將眼淚吞進喉嚨，因為平常我的憤怒在爆發之前，也總會先卡在咽喉處。

DVD結束時，上校出現在門口。

「好了，你們兩個快去準備一下，你們的媽媽再過一個小時就要到了，快點上樓去確認你們所有的玩具是不是都已經打包完畢。我可不想今晚還得特別跑去你們的媽媽家，只為了幫你們送你們忘記帶走的東西。」

雙胞胎翻翻白眼，然後才慢慢走出電視房。我不知道他們心裡是不是想著：這是最後一次聽朗尼囉囉唆唆了。

「比利，你還好嗎？」朗尼問我。

我不想提到影片的內容，尤其是朗尼的部分，生怕我的眼淚會就此潰堤，因此我只好違背心意的點點頭。

「我知道你今天可能不好過，但如果你需要找人聊聊心事，我整個週末都會待在這裡。」

我皺起眉頭。「整個週末？什麼意思？你不是今晚就下班了嗎？」

「是，但我覺得如果我留在這裡會比較好。你知道……」

我看得出來朗尼有點害怕，他怕我像平常一樣給他難堪。因此當我點點頭之後就從他身旁走開時，他似乎鬆了一口氣。

雙胞胎的房間變得很奇怪，床單都被抽走了，牆壁上的海報也都不見了——只剩下一些被撕了一半的足球明星貼紙——看起來宛如某間破爛汽車旅館的空房。我猜，這個房間原本大概就是這個樣子吧？

雙胞胎已經把房間清理得乾乾淨淨，將所有東西都塞進他們的行李箱。一切看起來就此成了定局，讓我迫切渴望逃離這個房間，回到樓下。

「走嘍！」我驚訝自己的聲音聽起來竟然如此輕鬆愉快。「我們一起把行李拿到樓下去吧！安妮再過一會兒就要到了。」

雖然我非常渴望時間能夠停止，但我也知道這是不可能的事。事實上，幾乎過不了幾秒鐘，彤恩就來敲門了，安妮則站在彤恩身後（實在難以置信，彤恩至今仍繼續擔任我們的社工人員，時間已長達八個月之久）。

「哈囉，大家好！」彤恩愉悅的向我們打招呼，但是當她的目光落在我身上時，臉上的微笑變得有點尷尬。

莉絲迫不及待衝進安妮懷中，差點把安妮撲倒在地。

「哈囉，親愛的。」安妮低頭親吻莉絲的頭髮。「真高興看見妳，妳今天好漂亮。」

「我們要回家去了嗎？」莉絲一面問，一面看看彤恩、安妮和朗尼，彷彿已經搞不清楚到底誰說的話才算數。

「快了，快了。」安妮回答莉絲，並且四處張望。「路易呢？我怎麼沒看見他？」

我狐疑的皺起眉頭，但是當我定睛一看，路易確實不見蹤影。我轉過頭，發現路易躲在我身後，一臉哭喪的表情。

「路易，你為什麼躲在那裡？」朗尼小聲問他。「你不想向你媽媽打招呼嗎？」

「嗨。」路易揮揮手，勉強撐起笑臉，但是依舊躲在我身後。

「好嘍！」彤恩趕緊打破僵局。「我先把東西搬上車，讓你們慢慢道別。」

她說完之後就拿起大包小包的行李，迅速往外頭走去。

「路易。」安妮說。「路易，我知道你今天會覺得很不自在，但是沒有關係，你接下來就會習慣，我向你保證。我自己也覺得有點尷尬，可是我等今天已經等了好久。我向你保證，接下來的一切一定會很好、很棒、非常棒。」

她向路易伸出雙手，路易這才慢慢向她走近，接受她的擁抱。

路易只在安妮懷中停留短短一、兩秒，然後就往後退開，轉頭看我有什麼反應。

「媽媽，比利可以和我們一起去嗎？」路易突然問。他的聲音充滿期盼。「今天下午陪我們一、兩個小時就好。」

安妮不知道應該怎麼回答，急忙左顧右盼，希望彤恩快點回來替她解圍。算安妮好運，朗尼這時候立刻跳出來說話，就像他平常那樣喜歡多管閒事。

「今天可能不太適合。」朗尼摸摸路易的頭。「改天絕對沒問題，但是今天只能讓彤恩和你們的媽媽陪你們，讓你們適應回家住的感覺，並且整理你們的東西，把你們的畫掛在牆上。你們先把一切擺好，到時候再讓比利去參觀，這樣不是更棒嗎？」

「也許吧。」路易回答時眼睛一直看著我。

「別忘了，我們已經安排好下個星期六下午去看你們，先在皮克寧公園碰面，然後再去吃披薩。你們只會分開短短七天而已，路易。」

「時間一眨眼就過了。」安妮接著表示。朗尼的幫腔顯然令她大大鬆了一口氣。「這樣好了，我先把其他行李拿上車，讓你們與朗尼和比利好好道別。我會在車子旁邊等你們。」

安妮拿起雙胞胎小小的行李箱，然後勉強對著我微笑一下。「謝謝你，比利。我不知道還能說些什麼，除了我真的很抱歉。」

「為什麼事情抱歉？」我尖銳的問她。「為妳之前所說的話嗎？」

朗尼臉上露出疑惑的表情，但什麼話都沒說。

「除了我之前所說的話，還有我做過的每一件事。」在那一瞬間，我在安妮眼中看到一絲感情，我希望那是她的悔意。

「我不知道自己還能對你說些什麼，比利。我真希望自己知道應該說什麼才對。」

我心裡想著：*妳為什麼不說：我改變心意了，不打算帶走雙胞胎了*。事實上，假如她說：*和我們一起走吧！*我也會欣然接受。她可以說，除非我和他們一起離開，否則她今天不會帶走雙胞胎。

安妮提著雙胞胎的行李離開時，我發現雙胞胎的行李箱真的很小，他們的人生只需要兩個簡單的旅行袋就能全部帶走。他們應該要擁有更充實的人生。我們都應該這樣。

我微笑看著莉絲，然後一把將她抱起，再緊緊擁入我的懷中。她開始抽抽噎噎的哭起來，眼淚一顆顆滴落在胸前。

「比利，我們都希望你和我們一起來。」莉絲大聲的說。「我不明白你為什麼要留在這裡！難道你不想和我們在一起嗎？」

「這和我想不想無關，伙伴。」我語氣溫柔的回答她。「我們不是已經討論過這件事了？重點是讓你們安頓下來。我再過幾年就成年了，如果要求安妮因為我而必須搬到一間比較大的房子，但是我又不會和她住很久，這樣不是對她很不公平嗎？」

「你下個星期會來看我們，對不對？」莉絲問。

「我當然會去啊。」我勉強撐起笑容回答。「而且朗尼要請客。」

她笑了，並且笑得很大聲，然後給我最後一次緊緊的擁抱。

「比利，我洗澡的時候，安妮也會坐在浴室外面等我嗎？」莉絲小聲的問我。她怕被朗尼聽見，因此有點不好意思。

「妳在她家洗澡時不會有人鬧妳，所以不需要她在門外等妳。但妳還是可以問問她願不願意這麼陪妳。」我覺得我的背快要斷了，趕緊把莉絲放回地上。

然後我看見路易的臉色蒼白，於是我在走廊的台階坐下，對著他招招手。他一臉憂傷的走過來，坐在我的膝蓋上，並且把頭枕在我的胸前。

「我不去了。」路易堅定的表示。我這時也聽見朗尼的腳步聲朝我們靠近，因此我趕緊搶在朗尼說話之前開口。

「不行，伙伴，你這個決定並不合理，對不對？我們已經討論了那麼久，我們不是說好要離開這個地方，擁有一個正常的家？事實上，現在的情況比我們夢想中的更棒，因為你們是回到媽媽身邊！」

「比利，如果少了你，這怎麼能夠算是更棒？」路易問我。「我們當初討論的才不是這樣！」

「就算少了我，也不會有任何改變啊！路易，我們只是身處不同的地理位置，雖然我沒有辦法和你們一起在那裡過夜，但只要你們打電話來，我一定會馬上接聽，你知道的！」

「可是我沒有電話啊！」路易大聲反駁我，一臉嚴肅的表情。

「傻瓜，你沒有電話，可是安妮有啊。你可以用她的電話。」

「不要趕我走好不好？比利，我不想去安妮家。」

「這不是你的真心話，對吧？你只是因為捨不得離開，才這麼說。再過一、兩個小時，你就不會這樣想了。」

「但如果一、兩個小時之後我還是不喜歡那裡，你會來接我嗎？」

我直視路易的眼。「如果你需要我，真的很需要我，而且安妮也沒辦法改變你的想法，你就打電話給我。我的手機絕不關機，我保證。」

這句話似乎讓路易安心不少，他整個人貼到我的胸口上，緊緊抱住我，讓我感覺好溫暖。我想記住這種溫暖的感覺，並且用盡全力將蘊藏其中的真情擠出來，生怕未來好長一段時間無法再次擁有這種感受。

莉絲不知道什麼時候又出現了，並且直接衝進我懷裡，逼得我愈來愈想哭。雖然我不希望他們離開我，但是我知道自己就快要撐不住了。我只能不斷對自己說：拜託，千萬不能掉眼淚，千萬不能掉眼淚。

正當我的眼淚即將決堤，我聽見上校趕來解救我的腳步聲。「來吧，你們兩個。讓你們的哥哥喘口氣，我們該走了。」

我感覺雙胞胎從我身邊溜走。他們每走遠一步，我的心就一點一點被撕裂。這種痛苦的感覺非常強烈，我得想盡辦法才不至於大聲吶喊出來。

當路易和莉絲慢慢往外走時，我已經無法思考，只能機械性的朝他們揮動我的手，其他感官必須專注的讓自己保持堅強。

一直等到大門關上，我才讓眼淚滴下來，並且不假思索的轉向朗尼，張開雙手緊緊抱住他。我也讓他用力抱緊我，一點也不擔心或在意別人的眼光。

27

茶杯在我手裡微微冒著煙。二十分鐘前，杯子裡的茶還是滾燙的，足以溫暖我顫抖的身體，但它現在已經變得半溫不熱，而且被喝掉了半杯。

朗尼在我身旁的長凳坐下，先喝完他杯裡的茶，然後深深嘆了一口氣。

「喝了之後覺得如何？」

「沒什麼幫助。」

「我懂你的意思。我也希望這是啤酒。」他說，眼睛望向遠方。

「這還用說。」

他馬上發出一聲哼笑。「等到你十八歲的生日，比利，我會在酒吧預約座位，而且就位在壁爐前，預留給你和我的座位。」

我不覺得自己可以再等三年才喝酒，我連再等幾個小時都無法忍受，無論哪種酒都好……不過，此刻我應該是弄不到酒了。

「你現在有什麼感覺？你看起來很冷。」

我不知道應該怎麼回答，因為我除了麻木之外，已經毫無感覺。

雙胞胎走出育幼院大門之後，迄今不知道已經過了多久，我只覺得自己雙眼痠痛、心情疲累，而且眼淚早已哭乾。

「對不起。」我低著頭對朗尼說。

「為了什麼事情道歉？」

「我是說，對不起我竟然在你面前崩潰。我無意讓你看見這些事。」

「傻瓜。」他嘆了一口氣，並且用肩膀頂頂我的肩膀。「原來你指的是這件事。坦白說，如果你沒在我面前掉眼淚，我反而會更加擔心。我寧可你哭，也不希望你硬撐。」

我原本想不屑的哼笑一聲，但又馬上把這聲哼笑吸回來，覺得自己不該以訕笑的態度面對所有事情。

「過一陣子就會好多了，你知道。」

「什麼事情過一陣子就會好多了？」

「關於雙胞胎離開的這件事。比利，雖然你一開始會有點不習慣，但我向你保證，過一陣子你就會好多了。」

我緩緩吐了一口氣，不知道該說什麼。我想相信朗尼，相信他說的話是對的，然而我一點也不這麼認為。

「反正都無所謂了。」我嘆了一口氣。「你不必擔心，不久之後這就不會是你的問題了。」

朗尼一聽我這麼說，連忙將身子往前傾。

「什麼意思？這當然會是我的問題，你一直以來都是我的問題，為什麼會有任何改變？」

「因為我也待不久了，不是嗎？」

「你怎麼會有這種想法？這是你的家，比利。就算雙胞胎離開了，也不會因此有所轉變。」

我又嘆了一口氣，揉揉痠痛的眼睛。我的聲音已經不再存有任何情感。

「當初審查的時候，你們是怎麼說的？你們不是說我已經長大，不適合住在這裡，要把我送去治療機構之類的地方嗎？」

「比利，當初他們提出這種建議，是因為他們擔心你，擔心你會傷害別人，更重要的是，他們擔心你會傷害自己。但我一直看著你，比利，你在過去幾個月來改變了很多。我指的不是你回學校上課之類的事，我指的是你與雙胞胎的相處、你和其他院童的相處，以及你與黛西的相處，還有你和我的相處。」

「我沒有改變，我只是在演戲，為的是讓你們把雙胞胎留在我身邊。」

「我不相信。我知道你一直很努力，育幼院裡的每個人都看得出來，所以你別否認，你一定也感覺到自己最近的轉變，以及周遭的情況逐漸改善。如果你否認，我絕對不會相信你。比利，因為你心知肚明。」

我凝視著朗尼的眼睛，心裡有點訝異。我沒想到朗尼會指責我是一個騙子，也沒想到他竟然認為我變了很多，更沒想到他一直注意著我的一舉一動。

「反正也無所謂了。」我逞強的表示。「過去幾個月來，我心裡想些什麼，現在都已經無關緊要了，不是嗎？反正雙胞胎已經走了，安妮也得到她想要的，沒有人在乎我接下來何去何從。」

「比利，我在乎！」朗尼大聲說，並且從涼椅上站起來。「你還不明白嗎？自從你們到育幼院來之後，我一直關心著你！就算你一點都不在意，但是你對我非常重要，所以我絕對不會袖手旁觀，眼睜睜看你搞砸一切！」

「你應該像其他那些爛人保護官一樣。如果你不喜歡看我搞砸一切、如果我們三個給你太沉重的負荷，你大可放棄我們，去做別的事情。」

我看見朗尼像洩了氣的皮球一樣又癱坐到涼椅上，這才閉上嘴巴。

「喔，好吧，那你說說看，我應該去做什麼？」

「我怎麼知道？回軍隊去吧！你愛做什麼我管不著。」

「我的年紀太大了，不適合回去從軍。」朗尼輕笑一聲，但我看得出來那不是開心的笑臉。「說真的，要我現在放手不管你，已經太遲也太難。」朗尼看著我的眼睛。「我曾經一度想要離職，連辭呈都已經寫好了，只差一步就要遞出去。那種感覺把我自己給嚇壞了，不騙你，因為我根本不知道自己接下來能做什麼，也不知道自己能夠帶給別人什麼。如果你像我一樣在這裡工作那麼久，你也會懷疑自己是不是還能夠適應別的工作環境。」

聽了朗尼這句話，讓我有點洩氣。

「後來發生什麼事？」我問。

「什麼意思？」

「什麼事情讓你改變心意？」

「某天夜裡，我接到一通電話。當時已經很晚了，我原本打算隔天早上值班結束後就遞辭呈，但是那通電話讓我改變了主意。」

「為什麼？那通電話是關於什麼事？」

「是關於你的事，比利。那通電話通知我，你沒有辦法繼續待在珍與葛蘭特家，即將返回育幼院。在那種情況下，我不可能辭職一走了之，對吧？」

朗尼伸出一隻手摟住我的肩膀。

「我很高興自己沒有辭職。雖然這些年來你一直不喜歡我，但無論你怎麼看我，或者怎麼看你自己，我知道為你留下來是值得的。」

我無話可說。我的意思是，這種情況下我還能說什麼？

什麼都說不出口。

這個時候我除了努力不讓眼淚掉下來，還真不知道自己能夠做些什麼。

我和朗尼閒晃了一整個下午。朗尼本來要我去健身房練拳，但是我沒興趣，因此我們就隨便到處走走，沒有特別的目的地，純粹散步。而且我們也沒有多聊什麼，因為我的腦子忙著思考朗尼稍早說過的話，包括他打算離開、決定留下，以及他對我的想法。

就算絞盡腦汁，我也想不透其中的道理。朗尼怎麼可能為了我留下來？他為什麼要這麼做？他為什麼要為了我這麼做？

我腦子裡一直想著朗尼所說的話，關於他無法展開新的人生、無法適應其他的工作環境。這些話讓我相當驚訝，因為朗尼這個傢伙總是表現出一切都在他掌控之中的模樣，怎麼可能和我一樣，對未來充滿迷惘？

我一方面覺得他可能只是故意說謊安慰我，但另一方面又覺得他沒騙我，因為他分享的內容與說話的態度非常真誠，甚至帶點悲傷，宛如他真的走投無路。

當我們回到育幼院時，因為與雙胞胎分離的哀愁與苦思朗尼話語的傷神，讓我整個人都快垮了，雖然時間才晚上八點，我卻覺得自己已經累癱，一心只想躺在床上數天花板上的褪色星星。

「朗尼，你回家去吧！」當我們走進大門時，我對朗尼這麼說。「我是說真的，我現在只想上床睡覺，你不需要留下來陪我。」

「我知道我不需要留下來，但是我哪裡都不去。你剛才開口之前，我早就明瞭你不需要別人照顧。你上樓去吧，我不囉囉唆唆了。」

接下來的幾個小時，我一直在半夢半醒的狀態，一會兒假寐，一會兒作夢，夢見大家都跑來看我：雙胞胎、朗尼、安妮，還有以前的社工人員。他們叫我放輕鬆，說一切都會沒事。我對這些人沒有意見，但最後竟然連尚恩也出現了。他在我耳邊輕聲說：沒關係，沒關係，爸爸在這裡……

我夢到這裡，整個人被嚇醒，在床上彈坐起來。這時我看見我的手機在黑暗中閃著綠光。螢幕上顯示有一則新留言。有那麼短短一瞬間，我不敢打開訊息，生怕是尚恩又要對我說些奇怪的甜言蜜語。

我搖搖頭，甩開這種荒唐的想法，然後拿起手機，希望是雙胞胎寄來的訊息，雖然我不知道自己希望雙胞胎會對我說什麼。

打開訊息後，看見了黛西的名字，以及讓我對明天充滿希望的訊息內容：

一切都好嗎？我很擔心你。明天要不要碰面？

我躺回床上，簡單回覆一個字。

好。

我把手機放在胸口，深深吐了一口氣，希望明天黛西能夠為我糾結的腦袋提供一些解答。我現在所能做的，就是默默數著時間，等待早晨到來。

28

帶著宿醉醒來是最痛苦的事，尤其是在你根本沒喝酒的時候。其他院童都還在睡夢中，我就已經一如預期早早起床，然後拖著棉被走進電視房，坐在DVD收納櫃前面。

我想找出黛西借給我們的《公主新娘》，可是怎麼找都找不到，八成被某個院童偷走了。我決定待會兒找個人來發洩這股怒氣，現在先看看電視打發時間。當然，沒有一個節目好看：兒童節目讓我看了更加頭痛，音樂節目也會播放無聊的流行歌曲，最後我只好觀賞昨天的足球比賽重播。

我猜，觀賞球賽對我有點用處，起碼能讓我把心思專注在那上頭。可是我一點也不在意精采動作的重播畫面，也不關心每位球員表現如何，因為這些都無法令我雀躍。

或許是因為我太疲倦了，畢竟我已經好幾個星期沒有睡好，導致我對什麼都興趣缺缺。總之，我沒有辦法讓腦子靜下來。

我覺得自己整個人心煩意亂，充滿了憤怒與困惑，不知道還能相信誰，也不知道未來會是什麼模樣。我唯一能做的，就是讓腦子不停打轉、不斷重複詢問自己同樣的問題，而且每當這些問題一再浮現腦海，它們所發出的聲音就會愈來愈大，也出現得愈來愈頻繁，讓我真心認為自己的腦門要炸開了。因此，我只好匆匆穿上外套，拿起我的手機，跑出育幼院大門，不過我非常小心，離開時沒有驚動朗尼或其他那些爛人保護官。

我先跑到健身房，希望對沉重的沙包揮拳半個小時可以幫助我靜下心來，以便展開全新的一天。但無論我多麼努力，就是無法燃起對拳擊的熱情，而且我也不想在練拳的時候又讓尚恩溜進我的腦中。

不過，我還是在舊車庫裡待了一會兒，整理一下器材，並且掃掃地，希望藉此讓情緒冷靜下來。然而無論我做什麼，似乎都徒勞無功。於是我決定到外面去走走，先到空地的涼椅那邊等黛西出現。

我在途中先去了珍與葛蘭特家一趟。當我發現他們的車子不在車道上時，心跳不禁瘋狂加速。我想不出他們星期天一大早就出門的理由，因此猜想他們可能利用連續假期出去度假了。原本我打算靠近他們的屋子仔細瞧瞧，可是街上的人潮突然多了起來，想利用星期天早晨洗車的鄰居們也陸續出現在自家車道前，讓我因此決定放棄這個計畫，等時間晚一點再過來打探詳情。

窩在涼椅上的感覺很舒服，有一種遠離育幼院的輕鬆感。我抵達涼椅之後傳給黛西的簡訊，不久之後她就回覆我了。

過了不到三十分鐘，黛西已經緩緩朝著涼椅而來。她手裡依然拿著香菸，但更重要的是，她的心情看來很不錯。事實上，黛西一見到我就馬上給我一個擁抱，讓我有點不知所措，於是我呆呆站著，將雙手輕輕放到她的背上，等待她結束這個擁抱。

「結果如何？」黛西嘆了一口氣之後問我。

我大聲的呼出一口氣，不知道該怎麼回答這個問題。

「很順利，對吧？」

「喔，伙伴，我真不知該從何說起，這是我這輩子做過最困難的事。我被迫站在那裡，幾乎以鼓勵的口吻說服雙胞胎跟安妮走。路易被嚇壞了，他們八成以為我想甩掉他們。」

「別胡思亂想，雙胞胎一定明白你的感受。再說，你也無能為力，無論你是否鼓勵他們，他們終究會跟安妮離開，假如你不鼓勵他們，朗尼恐怕就得把又哭又鬧的他們硬拖上車。」

「妳知道嗎？就算我鼓勵他們跟著安妮走，與他們道別還是非常困難。我的腦子裡一團亂，搞不清楚現在到底應該怎麼辦。」

接著我花了十五分鐘告訴黛西前一天發生的事，黛西只是靜靜坐著，一邊抽菸一邊聽我說話。

「我之前是怎麼說朗尼的？」黛西用她的打火機戳戳我的肋骨。「我告訴過你，朗尼令人摸不透，對不對？你每天每夜坐在那裡咒罵他，結果他卻為了你留在育幼院。你想清楚，比利，這個傢伙很關心你，而且這種關心是有意義的，不是嗎？」

「但最讓我驚訝的一件事，是他說自己已經沒有別的地方可去。我真沒想到他會有這種感覺！我的意思是，他是上校耶！」

「就算他是上校，也不表示他沒有感覺，對吧？又不是只有你一個人可以覺得自己一無是處，你明白嗎？」

「我當然明白！」我不高興的反駁。「但是當我聽見上校這麼說的時候，真的很想大叫！因為那正是我常有的感覺。」

「什麼意思？」

「妳知道，當我被領養的事情破局時，無論我多麼努力想把責任推到別人身上，我心裡始終很清楚，一切都是我的錯，是我無法融入他們的生活。雖然我不明白為什麼，但我覺得差異太大了。」

「哪一方面的差異？」

「在我的印象中，我這輩子都和一大群孩子住在育幼院裡，通常有十個左右。因此當我搬進新家之後，整間屋子裡只有我和兩個大人，讓我有點不知所措，有點無法適應。」

「你有沒有告訴他們你的感受？」

「我沒辦法告訴他們！我怎麼開得了口？他們會覺得我瘋了。事實上，他們真的對我很好，買給我的東西都是全新品。我有新衣服、新電腦，所有的一切都是新的，讓我不知道應該怎麼辦。像我們這種小孩，不會有這麼好的事情發生在我們身上，妳明白嗎？我們只能使用別人不要的二手貨或次級品。」

「比利，你因此感到困惑，並不是你的錯。」

「對，但是我沒處理好，不是嗎？他們愈是努力付出，我就愈反彈，彷彿我想測試他們的底線，讓他們明白我不值得他們對我好。每當他們問我想做什麼或吃什麼的時候，我都不回答。有時候我是為了考驗他們的耐性，但有時候我只是不知道應該如何回答。我的人生一下子從毫無選擇變成太多選擇，讓我的腦袋轉不過來。」

「這就是領養破局的原因嗎？」

我縮了一下。*假如事情真的這麼簡單就好了。*

「並不盡然。」

「所以問題到底出在哪裡？」

我咬緊牙關，因為我知道黛西正將我逼向絕境。

「別猶豫了，比利，你知道你可以與我分享任何事。」

聽黛西這樣說，更讓我全身緊繃。

「相信我，妳不會想知道真相。」

「傻瓜，我當然相信你，才會一天到晚和你混在一起。難不成你以為我是貪圖你有錢嗎？」

我知道黛西故意開開玩笑，好讓氣氛輕鬆一點，但是她臉上的微笑仍然無法讓我輕易吐實。經過一段令人尷尬的沉默之後，黛西再度開口。

「聽著，比利，我知道你最近告訴我很多事，我很高興你願意與我分享一切。我也知道自己沒有告訴你太多事情，關於我自己的事情，但這並不代表我不相信你。只不過，那些事都是以前發生的，而我還在努力忘掉它們。我想說的是，曾經有很長一段時間，我把發生在我身上的事全部怪罪自己，我認為所有的錯都是我造成的，與別人無關，因此我把那些事封鎖起來，不再提起。但是，什麼都不說，反而讓事情變得更糟，請你一定要相信我。」

「但是，黛西，我做了很糟糕的事……」

「告訴你，無論你說什麼都嚇不倒我，相信我。有好長一段時間，我認為自己必須為我父母的死負責。比利，你聽見了嗎？是我的錯！直到後來我鼓起勇氣告訴別人這件事，我才慢慢開始相信，或許他們過世並不是我害的。」

「老天，黛西，我真的不知道。」

「你怎麼可能會知道？就像朗尼，每個人都有自己必須面對的難題，都有自己得解決的麻煩。但最重要的是，你不能就此逃避不管，一定要勇敢面對，否則你的人生永遠無法往前走。相信我，無論你做過什麼，或者你認為自己做過什麼，我都能招架得住。相信我。」

「我差點殺死他！」我來不及阻止自己，就已經脫口而出。「我差點殺死我的養父！我想殺他！」

當我把話說出口時，我的眼睛一直盯著黛西，想看她有什麼反應。我想找出她情緒的轉變，或者是嘴唇抖動、眼神迴避之類的小動作，好讓我明白自己說太多了。

然而黛西的表情和動作毫無改變，她始終看著我的眼睛，眼裡還閃著光芒。

「發生了什麼事？告訴我，沒關係。你看，我還在這裡，我沒有被你嚇跑。」

「我在他們家住了五、六個月，雖然一開始適應困難，但是我真的很努力。有時候我會亂發飆或拿鑰匙刮車，不過我搬進去之前他們就已經知道我會做這種事，他們很清楚是什麼樣的孩子搬進他們家。後來我開始覺得那個地方有家的氣氛，也覺得他們是真心喜歡我，我有一個很棒的房間……妳真應該看看那個房間！儘管房間不是很大，也不是很華麗，可是房間裡有電視、音響，還有全世界最舒服的床。我在那張床上可以舒舒服服睡個好覺，那是我不曾擁有的經驗，起碼在我記憶裡沒有。在那張床上，我只要閉上眼睛，再睜開時就已經是隔天早上。那種感覺真的很棒。」

「聽起來確實很棒。」黛西回答時仍一直注視著我。

「那對夫妻也不錯，雖然有點笨頭呆腦，但都是好人，妳懂嗎？我的養父每個星期三晚上會和朋友們去小酒館喝一杯。有一次，他和往常一樣出去小酌，我與我的養母就在客廳裡觀賞電視長片，她替我準備一大桶爆米花，還為我倒了一大杯可樂。我不記得自己看了多久，因為我不知不覺就在小沙發上睡著了。」

我停了一、兩秒鐘，不知道自己該如何描述接下來發生的事，才不至於讓這件事聽起來太糟。

「沒關係，比利，我是說真的，你可以告訴我。」

「其實我並不太確定後來發生了什麼事，我只記得一部分，可是不太清楚，我只隱約記得一些影像與聲音。我的養父在幾個小時後回家了，他看見我和我的養母都在客廳裡睡覺，我的養母坐在扶手椅上，我則在小沙發上。我的養父走到我身邊，想抱我上樓回房間，事情就是在這個時候發生的。」

「比利，發生了什麼事？」

我已經沒辦法繼續看著黛西的眼睛。

「我攻擊我的養父。我的意思是，我本來在睡覺，突然有人靠近我，身上有威士忌的味道，把我嚇壞了。我只知道我們兩人在地毯上扭打，我拿著空的玻璃杯猛砸他。我不確定自己砸了他幾下，但肯定次數不少，因為玻璃杯破了，到處都是血，我身上有，他身上也有。我的養母被驚醒，急忙把我從養父身上拉開。」

我閉上眼睛，雙手不停搔頭，不敢相信自己真的說出來了。我知道這件事聽起來非常可怕。

「但是，黛西，我不是故意的。我真的不是故意的。我不知道是他，我還以為是……」

「誰？」黛西輕聲的問。「你以為靠近你的人是誰？」

「我以為是尚恩，我媽的男朋友。他以前經常一連失蹤好幾天，我媽就會因為焦慮而酗酒，不想照顧我。那些日子裡，我經常縮在我媽身旁，每天晚上就在沙發上睡覺。每當尚恩帶著渾身威士忌酒臭味回來時，第一眼就會看見躺在沙發上的我。」

「老天，比利，尚恩對你做過什麼事嗎？」

「妳知道，他總是把所有的不順利都怪罪在我頭上，可是他通常不會揍太久，因為他老是已經醉到快要站不住。不過也有幾次，他像中邪一樣瘋狂打我。假如他沒有喝得太醉，他會記得解下皮帶抽我。呃，那種滋味真的不好受。」

黛西走近我，伸手握住我的雙手。

「難怪你會對你的養父有那樣的反應。你自己也明白這一點，對不對？比利，那不是你的錯。」

「現在說什麼都來不及了，對吧？反正一切都結束了，我害得養父住院，而且不到兩小時，警察已經把我的個人用品全丟進一個大垃圾袋裡，然後又過不到一小時，我已經坐在朗尼的車裡，往育幼院的方向前進。」

「你後來還再見過他們嗎？我是說那對夫婦。」

「嗯。幾個星期之後，那些爛人保護官安排我們見面，但地點不在他們家，因為我已經被禁止靠近他們的房子。我們在某個中心見面，某個像瘋人院的房間。那個房間裡都是軟式家具，沒有尖銳的邊角，彷彿擔心我又會失控傷人。那些保護官公式化的表示收養安排不成功，他們和我一樣遺憾，真是鬼話連篇！我可一點都沒有表現出垂頭喪氣的模樣。」

「所以就這樣嗎？一切都結束了？」

「除了聖誕卡片與生日卡片之外，是的，一切都結束了。但那些卡片都不是我養父寄的，是我的養母寄的。我一點都不怪他。」

「你當然沒怪他，因為你只怪你自己。」

「黛西，不然我還能怪誰？是我失控攻擊他，不是他攻擊我。」

「但是你有合情合理的原因，比利。你聽我說，你一定得找個人談談這件事，找一個可以幫助你的人談談這件事。」

「他們還能怎麼做？事情都發生了，現在才想改變什麼都已經太遲了。」

「我明白，但是現在改變他們對這件事情的看法還不算太遲，而且他們可以改變你看待這件事的角度，讓你明白並不是自己的錯。」

我張開嘴慢慢吐了一口氣。說出這一切之後，我覺得整個人筋疲力竭。

「黛西，妳知道我有什麼願望嗎？妳知道我最想要什麼嗎？」

「你最想要什麼？」

「我想要睡覺，像我住在那個家的時候一樣，安安穩穩的睡一覺。就這麼簡單。」

黛西讓我把頭靠在她的肩上，雙手輕輕環抱住我，彷彿生怕我就此碎裂。

29

我現在最不需要的，就是再花腦筋思考其他事情，但是當我站在珍與葛蘭特家外頭時，卻必須面對一個困難的決定。

他們的車子還是沒出現在車道上，屋裡的燈也全都關著。為什麼連那盞用來假裝屋裡有人的走廊燈都沒點亮呢？

我不知道該怎麼做，因為我滿腦子還在胡思亂想，加上稍早我向黛西說出了一切，此刻的我根本無法做出任何決定。

後來我和黛西一整天都混在一起。我們先在城裡到處亂逛，並且去唱片行看黛西想買的DVD，以便在小酒館開始營業前先打發時間。我一路走在黛西身後，試著聆聽她說的話，只不過我的心思根本早已飄遠。

我把尚恩從我腦中釋放出來，感覺上有點危險，彷彿他會因此躲在陰暗的角落偷看我們，因此我覺得和黛西討論尚恩的事一點幫助都沒有。倘若真有什麼轉變，那就是我的心情變得更糟，只有挫折和不自在，根本不覺得平靜。

但是去小酒館對我有點幫助，黛西還是和之前一樣，一副像是在偵查地雷的樣子。這個下午天氣非常熱，因此小酒館的戶外座位區都是客人，也讓我們不易被人發現。我和黛西就這樣一家接一家閒逛，盡可能偷走客人桌上的啤酒。被我喝下肚的酒精，大大減少了我的焦慮。

但現在距離我與黛西道別已經兩個小時，太陽早已西沉，我的酒意也退了，恐懼感再次湧上心頭。我不想回育幼院那個空盪盪的房間，所以我慢慢朝著珍與葛蘭特家前進，希望沒人在家。

我尋找鑰匙時，雙手不停發抖。我迫不及待想進屋裡去，回到我原本的房間，躺在我舒舒服服的床上，就算只能待一、兩分鐘也好。我環顧一下街上的狀況，查看珍與葛蘭特是不是把車子停在馬路上，結果四處都沒有他們車子的蹤影。

不知道什麼原因，我還是有點惶恐，對於他們沒有點亮走廊上的電燈，感到些許不安。我皺著眉頭衡量，知道自己這麼做非常冒險，但是我真的非常需要進到屋裡去，於是我慌慌張張的跑過馬路，趁著改變心意之前趕緊將鑰匙插入鑰匙孔。

我躡手躡腳走過走廊，將頭探進廚房和餐廳，結果發現裡面黑漆漆的，一個人影也沒有。我原本想脫掉球鞋，但又擔心自己偷闖進來的事跡可能敗露，因此最後還是穿著鞋子上樓。

屋子裡面的味道很好聞，有食物從廚房裡飄來的香氣，也有衣物掛在暖氣機上烘乾的清香，不像育幼院裡總是充斥著一種類似學校或醫院裡常有的防腐劑味。

我檢查過浴室和珍與葛蘭特的臥房之後，就轉身走向我原本的房間。我在門口停了一會兒，然後打開房門，走到床旁邊點亮檯燈。

當我打開檯燈開關的那一剎那，我以為自己走錯房間，因為房間裡的一切都不一樣了。上次我回來時看見的蒼白壁面與床單都不見了，如今牆壁被漆成紫色，上面還貼了許多古怪的海報與照片。

我急忙查看房間裡的其他地方，一股噁心的感覺湧上我的喉頭。床上鋪著紫色的床單，床頭還放了好幾個抱枕。原本屬於我的電視與音響都還在，可是多了一台DVD播放機，旁邊還凌亂堆放著許多影片。我急忙跑去翻看那些影片的名稱，彷彿這麼做就可以從裡面找出房間發生變化的答案。當然，我什麼都找不到。

我的心慌亂不已，拚命思考著房間變成這副模樣的可能性：或許珍與葛蘭特吵架了，所以珍現在睡這個房間；或許他們缺錢，所以找了一個房客。無論我多麼渴望這些假設是真的，但我知道這都只是我一廂情願的想法。顯然已經有人搬進這個房間，而且不是成年人。這個真相讓我的心幾乎就要停止跳動。

我已經被人取代了。

當我看清這個事實時，頓時失去了理性，開始亂翻房間裡的東西，忘了自己應該偷偷摸摸。我認為一定有東西可以幫助我查出是誰搬進這個房間，也許他是學校裡的某個同學，更糟糕的是，也許他以前住在育幼院裡。不管是誰，我一定要查出來，並且給他好看，讓他知道擋了我的路會有什麼下場。

這時我在窗台邊看見一個東西。

一台照相機，一台可以拍照也可以錄影的照相機。

我拿起那台照相機時，手抖得更加嚴重。我用另一隻手拿起堆放在照相機後方的光碟，眼睛看著側標上的文字：「爸爸，二〇〇七年聖誕節」、「湖人隊球賽，二〇〇六年」。

然後我看見了一個令我心跳停止的側標：「路易和莉絲——生活日誌」。

當我讀出那幾個字的時候，覺得自己笑了出來，畢竟這實在太荒唐了，那張光碟怎麼可能出現在這裡？我把光碟放入照相機並按下播放鍵之後才停止發笑，因為螢幕上出現我坐在雙胞胎房間裡的畫面。

我發出一聲吼叫，將照相機往牆上扔去，照相機應聲碎裂，殘骸掉落在床上，而我的臉上也開始滑落憤怒的眼淚。

我跑向床邊的牆面，牆上貼著許多相片。

當下證明了我的猜測。

因為每一張照片裡都是黛西。

而且照片裡的每個黛西都對我微笑。

當我看見第十張照片時，黛西臉上已經不再只是微笑，而是開心燦笑。到了第十二張照片，黛西甚至比著象徵勝利的V字手勢。我氣得將牆上的照片一張一張撕下來，把它們全部丟到地板上。

我準備撕下最後一張照片時，發現照片裡是黛西和一個男人手挽著手。黛西看起來很不一樣，因為她非常開心，然而那個男人的表情，則像我在黛西臉上經常看見的神色——他看起來有點分神，眼中帶著一絲悲傷。我猜那個男人是黛西的父親。

我把這張照片揉成一團，無法對黛西和她的家人產生同情。

這幾個月來，黛西一直坐在涼椅上聽我說話，我把自己的人生告訴她時，她其實都住在這間房子裡。她並非像自己所說的與朋友一起住，而是住在這個地方、睡在我的床上，並且把我的養父母一步步帶離我的身邊。我想起稍早我對黛西說過的話——我告訴黛西我對葛蘭特做過的壞事。當時我肯定提到了珍與葛蘭特的名字，因此黛西一定知道我的養父母是誰。

她當時為什麼沒有任何表示？

如果她知道自己搬進這對曾經承諾給我一切的夫婦家中，為什麼一整個下午還若無其事的與我聊天喝酒，一點口風都不透露？

我伸出腳，踹爛了她的床頭櫃，把櫃子踢成一片片破碎的木片，然後將整張床翻掉，還把她的抱枕扔向房間各個角落。

當我用腳踩碎照相機較大的碎片時，突然聽見樓下關門的聲音。我知道自己嚇壞了，可是一點也不打算就這樣逃走。在發生這麼多事情之後、在黛西說過那麼多次一定站在我這邊之後，她始終和其他人沒有兩樣。事實上，她比其他人更糟，因為她明明知道這個房間對我的意義，卻還硬生生從我手中奪走。

既然如此，我何必逃走？於是我步向樓梯間，慢慢走下樓去。我看見他們了。快快樂樂的一家人，正在玄關脫鞋子。珍是第一個看見我的人，她嘴裡無聲喊出我的名字，表情宛如見鬼。

葛蘭特一聽見珍的驚呼，立刻抬起頭來望向我。當時我還以為他會立刻衝上樓來對付我。倘若不是黛西在場，我想他肯定會這麼做。

黛西過了一會兒才搞清楚發生什麼事。我繼續往樓下走，並且將她父親的照片揉成一團，扔到她的腳邊。

「比利？」黛西輕聲驚呼。「你怎麼會在這裡？」

當她叫出我的名字時，我發現站在她身旁的葛蘭特整個人僵住了，珍更是驚訝的用手摀著嘴巴。

「你們彼此認識？」珍大喊。「黛西，妳怎麼會認識比利？」

「在學校裡認識的。」黛西小聲回答之後，就沒再多說話，這正好給了我發言的機會。

「對啊，這真的很有趣，不是嗎？黛西，妳要不要介紹妳的朋友們給我認識？」

我停頓了一會兒，一股苦澀湧上喉頭。「不過，妳可以省了這個麻煩，因為我早就認識他們了。」

黛西的視線轉向珍與葛蘭特，彷彿想搞清楚當下到底是什麼情況。

她最好假裝什麼都不知情。

「他們有沒有告訴妳，妳可以在這裡待多久？」我咬牙切齒的說。「喔，別告訴我，他們是不是打算收養妳了？對了，他們把妳的房間布置得很不錯喔，我幾乎快要認不出那裡原本是我的房間，起碼變得比我以前的房間還要奢華。」

「比利，你在說什麼？」黛西哀嚎一聲，目光再次投向兩個大人。老天，她演得真好。

「我不知道，我怎麼知道他們是……」

「妳省省吧！妳以為我很笨嗎？過去這幾個月，妳肯定一直偷偷笑我吧？妳為什麼要這麼做？妳是不是腦袋有問題？」

「夠了！比利！」葛蘭特怒斥，同時站到黛西和我之間。「腦袋有問題的人是你！你憑什麼隨便闖進來？你是怎麼進來的？」

我把前門的鑰匙丟向葛蘭特，打在他的肩膀上。當我看見他暴怒的神情時，也立刻做好防禦，準備迎接他的攻擊，然而珍拉住了葛蘭特的手臂，阻止火爆場面的發生。

「你知道嗎？」葛蘭特大吼。「每次黛西說她去找『朋友』，回來之後總是帶著一身酒氣，我們早就應該猜到她的朋友就是你！」

「對，沒錯，是我帶壞她了！是我帶著她抽菸，還到酒吧偷啤酒，因為我是一個壞蛋，我就是！我是爛東西，你們心裡想的一直都沒錯！」

「比利！」接著輪到珍開口了。「我們從來沒有說過你是爛東西，你知道的。當初發生那些事情，我們和你一樣難受，你一定要相信我們。」

「你們當然難受！我猜你們在這間舒服的房子裡一定很痛苦，我真無法想像你們是如何熬過來的！我真的無法想像！」

「我們還沒有熬過來，比利，難道你看不出來嗎？但那個時候我們別無選擇。你害得葛蘭特住院，臉上縫了好多針。而且，假如那些玻璃碎片再往下六吋，葛蘭特可能會死掉！」

「哼，要是我早知道這一點，一定會先瞄準之後再砸下杯子。」

黛西往前走了一步，從樓梯下方的地板上撿起那張被我揉成一團的照片。她試著攤平照片時，雙手不停顫抖。

「如果妳早點告訴我，我可以諒解！」我對著黛西大喊。「我一定會諒解的！」

可是黛西連看都不看我一眼，她只是一直盯著那張照片，努力將它撫平。

「不許妳這樣漠視我！我在和妳說話！妳為什麼不早點告訴我？我還以為我們是朋友！妳說我可以信任妳，所以我把一切都告訴了妳！」

但是黛西沒理我，她又躲回自己的小世界了，然後轉身走進廚房，葛蘭特急忙跟在她身後。

「比利。」珍又開口說話。「比利，下樓和我們聊聊。」她朝著我伸出手，表情帶著懇求，彷彿承受痛苦的人是她不是我。

「不必了。」我回答她的語氣冰冷有如岩石。「反正你們已經做出決定，還有什麼好聊的？」

「我們看得出來你受了驚嚇。我們都受了驚嚇。我們聊一聊，好嗎？黛西也經歷過許多事，她父親才剛過世一年，她並不好過。我和葛蘭特都很高興她交到朋友，因為她最近變得比較快樂。」

我本來想嘲笑她說的這句話，回應時故意以不屑的鼻息哼了一聲，結果聽起來反而凸顯出自己的可悲。

「是真的，但我們沒有想到黛西的朋友竟然是你。我們怎麼可能想得到？黛西當然也不可能料到你以前住在這裡。來，比利，下樓來和我們聊聊，好嗎？」

於是我不再多想，開始往樓下走，這時我看見珍的淚水從臉頰滑落。

她用雙手環抱住我，我也將頭倚在她的肩膀上。心中舊傷口被撕開的感受，讓淚水刺痛我的雙眼。我腦子裡有一種自己不曾意識的憤怒，因為一切都搞砸了！為什麼我總會搞砸所有的事情呢？

當我的呼吸逐漸平緩後，我看見葛蘭特在廚房裡踱步，還把電話筒貼在他耳邊。珍仍對著我輕聲耳語，安慰我不會有事，然而這時葛蘭特的聲音傳進了我耳朵，讓我知道珍的安慰是錯的。

「沒錯，華頓街五十六號。什麼？對，沒錯……不，他還在這裡……我們在這裡遇到他……等你們到了之後，我們會再向你們說明清楚……」

我將珍推開，害她整個人往後倒，頭部還因此撞到暖氣機。她看起來被我嚇壞了，愣了好幾秒鐘，然後才將視線轉向葛蘭特手裡的電話筒。

「喔！葛蘭特！」珍哀嚎一聲。「你剛剛打電話給誰？」

我沒有留下來等著看後續發生的事，因為我知道警察馬上就要到了。

我轉身往前門跑，離開時順手拿走放在茶几上的車鑰匙。

30

信不信隨你，當我把車子開至雙向道時，心裡竟然有種幸運的感覺，因為葛蘭特以倒車方式將車子停在車道上，所以我可以直接開走車，不必擔心自己開車技術不夠好，無法倒車駛出車道。

我也慶幸珍不太會開車。葛蘭特經常開珍的玩笑，說每次只要珍坐上駕駛座，開了幾哩路，車子就會氣得想要自己轉頭回家去。因為這個緣故，葛蘭特買了自排車，這點正合我意。由於毋需更換排檔，駕駛就像操縱遊樂場裡的碰碰車一樣簡單，我只需要按幾個按鈕，就可以把車開走。

其實我不知道自己要往哪裡去，但我很清楚動作要快。那些討厭的警察馬上會追來，尤其是在葛蘭特發現車子被我開走之後。我曉得自己一定無法超越警察的速度，因為我還不太會開車，而且我稍早喝下的五瓶啤酒正在體內翻騰。

我一面看著前方道路，一面從後視鏡留意後方來車。就在尋找下一個轉彎處時，發現轉彎之後可以通往河邊的某個購物商場，心裡雀躍不已。

我在轉彎時急踩煞車，感覺整輛車的車身變得傾斜，但終究在輪胎發出怪聲音的時候，靠著兩個輪胎穩住了車體。謝謝老天爺，這個週末沒下雨，不然車子可能會失控，翻滾上好幾圈。

我將車子駛進一個小型圓環後，找到一處不錯的地方可以停車。購物商場的停車場幾乎是空的，這點並不讓我意外，因為時間已經很晚了，但是我得找個地方把車子藏起來。假如警察找不到葛蘭特的車，那麼他們發現我行蹤的機率也會跟著減少許多。

不到幾分鐘，我就找到一個好地方：一個立著「卸貨區」看板的空地。太完美了。現在這個時間，不可能有人裝卸貨物，而且這個卸貨區位於倉庫後方，人們大概要等到明天早上才會發現這裡停著一輛車。我放慢速度繞過倉庫，再關掉車燈。

我把車子停在距離卸貨倉庫門前約三十公尺處，但讓引擎持續運轉，並且坐在車裡回想自己剛才做了什麼。雖然我沒將引擎熄火，但我知道我熄滅了自己的未來。警察已經在路上，葛蘭特鐵定會樂見我被移送法辦。我終於可以告別育幼院或任何輔導機構，因為在這種情況下，我將會直接住進監獄。我不禁思考：育幼院和監獄有差別嗎？唯一的不同點是，監獄每天晚上會真的鎖上你的房門，其餘與育幼院並無二致，因為兩者都是監禁場所。

我的頭靠在方向盤上，思考自己下一步應該怎麼做，但我很清楚一切已經無望，因為除了面對警察之外，我別無選擇。無論我回育幼院去，或者亡命天涯，甚至回到葛蘭特家，警方都一定會將我逮捕歸案。

我腦子裡不停回想過去一小時發生的事，以及我在這段期間一直被黛西欺騙所產生的羞辱。我唯一不能理解的，是她為什麼要這麼做，以及她這樣玩弄我到底有什麼好處。我試著回想自己告訴過黛西哪些事、與她分享過哪些祕密。這麼多年來，那些爛人保護官千方百計要我說出關於尚恩和家裡發生的事，沒想到最後我卻毫不保留的告訴一個欺騙我的傢伙。

無論我從哪個角度看這件事，它都像是壓垮我的最後一根稻草。我被所有人玩弄了，包括社工人員、安妮，甚至朗尼。他們全串通好了，故意把我逼到這步田地，讓我孤單單的一個人，最後鋃鐺入獄。

但這到底有什麼意義？我去自首有什麼意義？我已經看過多少院童走上這條路——只要第一次觸法，就會有第二次、第三次，而且在他們還來不及意識到問題之前，他們的人生已經被三振出局。

這樣的想法把我嚇壞了，我知道我已別無選擇，只能順其發展。而且我也知道，雖然剛才我發了飆也罵了人，但還是無法嚥下這口氣。

油門踏板在我腳底下發出怒吼聲，我的眼睛盯著位於前方三十公尺處的貨倉大門，心裡盤算著車速要加到多快才能產生足夠的衝擊力，讓我免於入獄。我猜，撞擊力必須非常猛烈，但我這時真的願意試試看。

我用右手解開安全帶鎖扣，安全帶立刻彈回門邊，讓我的身體陷入不受保護的狀態。

我又踩了一次油門，聆聽引擎發出的怒吼聲，然後準備鬆開手煞車。

起初我以為是我的腳在發抖，因此不予理會，想拋開這種軟弱的反應，隨後才發現是我的口袋在震動。

是我的手機。我的第一個念頭是別理它，因為八成是黛西或珍打電話來求我原諒，或者更糟糕的情況，是警察打電話來叫我去自首。

然而手機停止震動之後不到幾秒鐘，馬上又開始震動，我只好把手機從口袋裡拿出來，瞥了螢幕一眼。我不知道那是誰的電話號碼，但肯定不是黛西的。

於是我不耐煩的拿起手機咆哮：「幹什麼？你想要幹什麼？」然後我在嘈雜的汽車引擎聲中隱約聽見一個小小的聲音。

「比利？比利？」

當我聽出那個聲音是誰時，我的腳馬上鬆開油門踏板。

「路易，是你嗎？」

「比利，快點來！拜託！」

「路易，怎麼了？發生什麼事了？」

「我爸爸！」路易哭喊著。「尚恩，他回來了。」

31

我衝向馬路，一點也不擔心可能會遇上警察。

我認為警方篤定我駕駛著偷來的車，一定沒想到我會在街上跑。我當然可以開車前往安妮家，但是風險太大了，倘若警察在半路逮到我，肯定不會同意讓我先去安妮家一趟，再和他們回警察局。因此我的最佳選擇是用雙腳跑去，並且盡可能抄近路而不經過大馬路。

我在心裡盤算過，大概要花十五分鐘才能抵達，但是我才走到空地，就已經覺得力氣用盡。這並不令人意外，畢竟我喝了那麼多酒，然而我還是努力往前走，不打算停下腳步。路易驚恐的聲音一直出現在我耳邊：**快來！比利，快來！**

我腦子裡充斥著各種瘋狂的想像。尚恩到底去安妮家做什麼？是不是安妮早就計畫好這一切？尚恩做了什麼事才讓路易如此害怕？我的每個步伐都專注想著尚恩的名字，以及之前我與上校練習拳擊時，他持續出現在我腦中的兇惡面容。

在過去十年中，尚恩對我所做的惡行一直如影隨形跟著我、日日夜夜啃噬著我，不僅增添我的憤怒，也讓我無法相信任何人或任何事。如今他又回來了，我絕對不會放任他在雙胞胎身上做出曾對我造成的傷害。

矗立在那個鬼社區外緣的高塔，出現在我的視線範圍內，我突然覺得這個地區真的宛如鬼魂住的地方——街道空無一人，而且除了我的球鞋在路面發出的聲音之外，一切萬籟俱寂。高塔的磚牆將我的腳步聲反射回來，催促我加快速度，因此直到富比士大道的轉角，我才允許自己停下腳步。

我將雙手壓在膝蓋上，彎著腰大口喘氣。我知道自己得花一、兩秒的時間準備，想清楚自己進門之後應該怎麼做。

當我走進院子時，我的心狂跳不已。我不敢相信自己又回到這個地方，也不禁想起自己曾對安妮說過，我絕對不會再踏進這間房子一步。然而，我起碼說對了一件事：這間屋子裡只有壞事，沒有好事。我一路低著身子前進，繞過前門來到客廳的窗戶旁，然後伸手抓住窗台，撐高身體以窺探屋內的動靜。我一眼就看見了尚恩——他背對窗戶站立，與我只有短短幾公尺的距離。尚恩正揮動著手臂，手裡還拿著一瓶威士忌。

我檢視屋內其他角落，想找出雙胞胎身在何方，並確認他們是否無恙，但是怎麼也看不到他們。於是我跳回地面，從屋子側邊的小道快步跑向後門。

我抵達後門時，發現門扇半開著，讓我的心不禁狂跳。我知道尚恩從廚房那頭不可能看得見我，於是便輕輕推開後門。屋內傳來尚恩的咆哮聲，他那難聽的聲音，和十年前一模一樣：粗粗的菸酒嗓，聽起來像烏鴉叫，而非人類的聲音。但如果換個角度思考，他本來就是禽獸，不是人。

我從打開的門縫往屋內窺探，看見尚恩高高站立在安妮與莉絲面前。安妮和莉絲躲在電視機旁的角落，兩人蜷縮在地毯上，母女的表情同樣驚恐。安妮的左眼瘀青，雙手緊緊抱著莉絲。尚恩每說出一個字，都讓莉絲嚇得發抖。

「安妮，我真不明白！」尚恩含糊不清的說，並且誇張的揮動雙臂。「妳為什麼要瞞著我？我的意思是，這可是一件大事！我們的寶貝們回家了！回到他們歸屬的地方了！」相信我，尚恩的語氣中沒有一絲喜悅。他說出的每個字都充滿恨意，宛如子彈一般朝安妮發射。

「反正妳就是這種人！妳是一個邪惡的壞女人！妳不希望我參與，對吧？」尚恩說這句話的時候狠狠踢了安妮一腳，讓她整個人縮成一團，莉絲嚇得躲到安妮身後。

「告訴妳！」尚恩又繼續嚷嚷。「不然這樣好了，妳知道嗎？我不是非要住這裡不可，我在城裡另一頭也有地方可以待，雖然不是什麼高檔房子，但起碼有兩間浴室，有足夠的空間容納我和兒子！兒子，你覺得這個主意如何？」尚恩伸手將路易拉進懷裡，我猜路易剛才大概站在尚恩面前，以致從我的角度看不見路易。「男孩子應該和父親一起住，而不是和那些娘炮的社工人員！那些社工人員懂個屁！」

尚恩把手放在路易的肩膀上時，我看見路易縮了一下。然而路易臉上除了害怕之外，還有一種抗拒的神情——看起來像是憤怒的表情。

「我才不要和你去任何地方！」路易怒吼，並將尚恩的手甩開。「你才不是我爸爸！你永遠都不是！」

路易沒有料到尚恩會因此打他。尚恩那一拳狠狠打在路易眼睛下方，讓路易整個人彈飛出去，撞倒了咖啡桌，也讓咖啡桌上的檯燈掉落在地。

我還來不及意識自己的行為，就已經衝進門口。安妮驚魂未定的喊了我的名字。

尚恩馬上轉過身子，讓我來不及先給他一拳。他原本的憤怒表情，因為吃驚而變得更加扭曲，彷彿想了一會兒才弄清楚自己看見了誰。

「我的老天！」尚恩笑著說。他扭曲的笑容看起來像惡魔。「你是比利嗎？真的是你嗎？我的老天，真沒想到！我們一家人又團聚了。」

當我的拳頭打中尚恩的胸口時，我可以感覺到他真的喝得很醉，因為他立刻失去平衡，往後倒在沙發上。

「等一等，比利！」尚恩抱怨的表示。「沒有人會這樣對待自己的老爸吧？」

「路易說的沒錯！」我指著他的胸口怒斥。「你根本不配當父親！你不配當路易的爸爸，當然更不配當我爸爸！」

「當初是我接納你和你媽，不是嗎？我讓你有一個遮風擋雨的地方住，我比其他那些傢伙偉大吧？」

「但這並不表示你可以打我，對吧，尚恩？這並不表示你可以想打我的時候就打我！」

「我又沒有每天晚上揍你！」尚恩一面發出呻吟，一面從沙發上爬起來。「有時候是你不乖，所以我才給你一點教訓，如此而已。」

「給我一點教訓？你像瘋子一樣打我，讓安妮好幾個星期不敢帶我出門！她必須把我藏起來，彷彿她認為我的模樣會讓她丟臉！」

我瞥了安妮一眼，發現她的眼淚正不停滑落。

「她本來就覺得你讓她丟臉！因為你是一個小混球！你從來都不笑，只會擺臭臉。」

「你覺得我整天擺臭臉很奇怪嗎？」我大吼。「我擺臭臉是因為你一天到晚打我！」

尚恩喝了一大口威士忌，然後打了一個響嗝。他的口臭就像他的人一樣噁心。

「我只是照著我老爸管教我的方式去做，這樣不行嗎？我又沒有殺人放火，起碼我還懂得什麼叫作紀律！」

我不想再聽尚恩多說廢話，酒精已經毀了他的身體和腦袋。於是我轉過身，將蜷縮在小沙發旁的路易從地上扶起來。

但我才剛剛讓路易站穩，就感覺到尚恩把雙手放在我的肩膀上。

「喂！」尚恩對著我大叫。「我准許你碰他了嗎？放開你的手！如果你想對路易做什麼，必須先經過我的同意！你聽見了沒？」

他一把拉開路易，將路易推向安妮，隨即轉過身來瞪著我。

他肯定看見我眼中的怒火，因此臉上露出一抹冷笑。

「喔，我明白了，你長大了，覺得自己可以打老子了，是吧？你以為自己勝算很大嗎？來吧！放馬過來吧，比利！你還在等什麼？」

我不知道尚恩有沒有料到我會給他一拳，總之他的反應不夠靈敏，來不及阻擋我。我的右拳擊中他的臉頰，而且當他癱倒在沙發上時，我的手完全沒有感到一絲疼痛。尚恩左眼下方裂出一道傷口。

然後我毫不遲疑的跳到他的身上。

就是這個時刻。

我之前和朗尼練拳的時候，看見的影像就是這個時刻。

這就是我可以打倒尚恩的時刻。

用他以前傷害我的方式來回敬他。

然而，當我準備再揮出一拳時，尚恩也回送我一拳，正好打中我的下巴，讓我整個人往後倒。

雖然酗酒多年讓尚恩的體態走樣，可是他的壞脾氣不僅完全沒有收斂，反而變本加厲。他站起身來，在我面前發出怒吼，接著又對準我的鼻梁揮出一拳。

尚恩的這一拳其實沒什麼力氣，但我還是痛得淚水盈眶。我伸出雙手擋在面前，防止尚恩繼續出拳攻擊我。我知道自己必須甩開他，於是我將雙腿縮到胸口，然後用力踢往他的身體，將他踹倒在地板上。我無視鮮血不斷從我鼻子竄出，直接跳坐在尚恩的身上，並且用膝蓋壓住他的雙手，以便控制住他的行動。

「你知不知道我等這一刻等了多久？」我大喊。

我的雙眼冒著憤怒的火花，同時發現到剛才被路易撞倒在地板上的檯燈，於是我小心將身子往左傾，先抓著檯燈彎曲的部分，然後像拿棍棒的方式緊握檯燈。

「你知不知道我多常夢見自己可以這樣教訓你？」

「比利，你覺得我會在乎那種無聊的小事嗎？你覺得我會在乎你對我有什麼想法嗎？我一點也不關心你，而且永遠不會！你想做什麼就做吧！就算你多給我幾拳也沒差。」

尚恩翻翻白眼，我覺得是他體內的酒精迫使他屈服。他原本是個充滿暴力的醉漢，如今卻已經殘破枯萎。我將檯燈高高舉起時，他宛如認輸般閉上了眼睛。

我緊緊握著檯燈，腎上腺素湧向我耳際。我尋找著一個最佳的下手點，心裡明白現在與我夢寐以求的時刻只差一小步。

我不知道自己為什麼遲疑，也許是因為我感覺到雙胞胎正盯著我看，也許是因為我突然覺得累了。我暫停動作，將頭轉向雙胞胎縮成一團的位置。當我看見他們、望著他們的眼睛，便知悉自己不能繼續攻擊尚恩。

雙胞胎的臉上滿是惶恐。那是一種我非常熟悉的惶恐，也是每一次尚恩靠近我時我會產生的惶恐。此刻，當雙胞胎看著我拿起檯燈準備往尚恩的腦袋砸下時，他們的臉上也浮現同樣的惶恐。

於是我吐了一口氣，將手放下，讓檯燈掉落在地板上。

事情到此為止。

所有的暴力，所有的打鬥。

就到此結束吧。

我不想打架了，也不想被雙胞胎看見這類醜陋的場面，更不希望雙胞胎在成長過程中把打架視為理所當然的事。

於是我擦去嘴角的血痕，勉強擠出一絲笑容，雖然我知道自己的笑容一定很可怕。

「路易，你手裡還拿著電話嗎？」

路易點點頭，臉上仍然帶著驚恐的表情。

「很好，我要你打電話給朗尼，你記得他的電話號碼吧？告訴他我在這裡，請他過來接我們。」

「比利，我們要去哪裡？」莉絲問，她的臉上滿是淚水。

「我們先回育幼院去。」我回答她的時候，突然好想哭。「我們要回育幼院去。」

32

後續的結果是立即可見的，而且似乎持續了好幾個星期。一直等到事過境遷，朗尼總會開玩笑的說，當時幾乎連法國也可感覺到這件事情造成的餘波。

不過，一開始真的很可怕。

我們等待上校趕來的時候，我一直站在尚恩面前，擔心他會突然從昏迷中醒來，攻擊我們四人。然而儘管尚恩發出了呻吟，還抓抓臉上的瘀傷，卻倒也沒有真的甦醒。

朗尼並非自己一個人抵達，他還帶著六名警察同行，那幾個傢伙看起來像是中年人版本的特種部隊。警察看見我的時候都有點驚訝，因為我就是他們正在尋找的孩子，而且臉上流著鼻血。一開始我還以為這些警察會給我上手銬，但上校出面搞定了一切。平心而論，上校真的很了不起。事實上，當他告訴警方，應該逮捕的人是尚恩而不是我的時候，看起來簡直像那群警察的指揮官。

警方花了一點時間和力氣才讓尚恩乖乖就範，並且讓他站起來。尚恩歪歪斜斜的走出前門並鬼吼著只有他自己才明白的話語時，雙胞胎嚇得縮到安妮身後。一直等到警方的防暴車關上車門、駛離安妮家之後，雙胞胎才敢從安妮身後走出來，兩人臉上滿是淚水。

接下來的幾分鐘充斥著警笛聲，警察、醫務人員與社工人員紛紛湧進安妮家的客廳。彤恩也來了，她的表情宛如見識到一場最可怕的噩夢。當她看見依然蜷縮在地板上的安妮時，驚惶失措的模樣讓我以為需要接受心理輔導的是她。

醫護人員試著幫助安妮，但是沒辦法拉開雙胞胎，因為他們緊緊抓著安妮不放。醫護人員試圖抱開雙胞胎時，他們哭得更大聲了，安妮只好請醫護人員先離開。

我彎下腰，雙手環抱住雙胞胎。

「你們得讓醫護人員替安妮檢查一下。」我輕聲說。「她會沒事的，但是你們必須給她一、兩分鐘的時間搽搽藥，懂嗎？」

雙胞胎不情不願的跟著我走，然而莉絲的目光連一秒鐘都沒有離開過安妮。

我讓他們坐在沙發上，並檢查他們身上是否有明顯的外傷，最後發現除了路易臉頰上有小小的傷痕之外，他們兩人都沒有大礙。

安妮的情況就不同了。當醫護人員觸摸到她的肋骨處時，她立刻痛得大叫，而且呼吸急促，一臉痛苦，顯然得去一趟醫院。彤恩告知雙胞胎這個情況時，他們的反應不是太好，莉絲甚至立刻衝回安妮身邊，死命拉住她的手不放。

「莉絲，不會有事的。」彤恩輕聲說。「我想，妳和路易最好都陪著你們的媽媽去醫院，我們也會請醫生順便替你們檢查一下。」

醫護人員將安妮抬上救護車，並讓雙胞胎坐在安妮兩旁。他們上車之後，大夥兒關注的焦點才又回到我身上。

「你今天晚上過得可真不平靜。」當我看著救護車的紅色警示燈亮起時，一名警察對我說。「我們需要你到警察局一趟，向我們說明到底發生了什麼事。我指的事情，不光是發生在這個地方。」

「請等一下。」朗尼急忙打岔。「這孩子今晚經歷太多風波了，再說你也看得出來，他現在非常擔心雙胞胎。可不可以請你通融一下，讓他先去一趟醫院，確認雙胞胎都沒事，然後我會親自帶他去警察局說明今天發生的事。」

「他去醫院確認雙胞胎沒事之後，必須馬上來警察局報到。我們有很多事情要問他。」

「我明白，我向你保證，他去過醫院之後就會立刻前往警察局。」

在前往醫院的路上，我一句話都沒說。

雖然我知道自己沒事，但還是很高興可以去一趟醫院，因為如此一來，我就有時間思考待會兒應該對警察說些什麼。而且更重要的是，我可以確認雙胞胎是否一切無恙。

我們抵達醫院的時機剛剛好。由於安妮的傷勢比醫護人員一開始想像的更為嚴重，有內出血的情況，因此仍在接受進一步檢查，暫時只有彤恩一個人陪著雙胞胎。彤恩努力想讓雙胞胎打起精神。

我們花了半個小時才讓雙胞胎的情緒平靜下來，讓他們乖乖接受醫生檢查。結果除了情緒緊繃之外，雙胞胎的身體狀況都沒問題。路易臉上雖然有些瘀傷，但沒有腦震盪的跡象。

他全身唯一的傷痕，只烙印在他的腦海中。

我明瞭雙胞胎，也知道自己讓路易失望了。假如我能夠早一點抵達安妮家，這一切都可以避免。

醫生確定雙胞胎沒事之後，我們只剩下一個問題：如何讓他們在沒有我陪伴的情況下返回育幼院？畢竟上校不可能違反對警方的承諾。至於安妮，今天晚上她只能待在醫院裡，哪兒都去不了。

這個問題讓我十分痛苦，真的，尤其在看見雙胞胎得知我必須前往警察局時的反應。路易緊緊抓住我的腰，而且當朗尼試圖拉開路易的手時，路易又哭又叫，不顧一切的想抓緊我，甚至在朗尼拉他時打算張口咬朗尼的手。莉絲也無法平靜，她用盡全力與彤恩對峙，直到兩名護士來幫忙帶她，坐上一輛停放在醫院外面等候的車子。莉絲大喊「比利」的聲音迴盪在每一道牆面上，不僅讓我十分痛苦，耳朵也嗡嗡作響。

雙胞胎需要我，特別是在這樣的情況下，偏偏我得去警察局報到。朗尼帶我走出醫院坐上他的車子時，我不禁擔心自己即將坐牢。

警察開始和我談話時，感覺好像已經快要天亮了。當然，時間沒有過得那麼快，但他們先讓我呆坐了好幾個小時，然後才著手拷問我。

等待的時候，朗尼一直坐在我身旁，詢問我在前往安妮家之前發生什麼事，因為他想了解我到底做了什麼，才導致自己陷入泥淖。

當我把一切告訴朗尼時，他似乎一點也不訝異，甚至不生氣。可是他看起來又老又累，而且這是他這兩天以來第二次表現得像人類。

「我不知道應該說些什麼，比利。」朗尼嘆了一口氣，還揉揉眼睛。「我不知道你明不明白自己做了什麼。你怎麼可以擅自闖入珍和葛蘭特的家？你做出這種行為，讓我實在無法袒護你。這一點你應該相當清楚，不是嗎？」

我緩緩點頭，眼睛盯著地板。自從我在珍與葛蘭特家大鬧之後，時間宛如已經過了一星期之久。我剛才一心只想著盡快趕去拯救雙胞胎，現在才開始思考自己為什麼會出現在警察局裡，以及我為什麼惹上這些麻煩。

又過了一個小時，我已經明白一切都沒救了。警察滔滔不絕的數落我，告訴我犯下了哪些罪行：私闖民宅、入室盜竊、損毀他人物品、人身攻擊、偷竊車輛……等他們說完時，我覺得我會被判終身監禁。

但這個時候朗尼突然跳出來說話，他沒有落井下石，反而替我辯解。

朗尼以死纏爛打的方式勸警方態度放軟，並且把我經歷的一切全部告訴他們，除了雙胞胎離開育幼院的事之外，還告訴他們安妮為什麼拋棄我，以及我曾經有機會被人領養但最後破局，還有我如何努力改變自己。

我驚訝得啞口無言，一句話都說不出來。他所敘述的主角彷彿是別人，是他最寶貝的兒子，所以他才肯如此積極幫腔。

朗尼說完之後，雖然警方都被打動了，但還不至於讓我只接受一個警告式的小懲罰就拍拍屁股走人。

「我們很高興比利有所進步，可是坦白說，這並非我們第一次找比利來討論他觸犯的刑事損害罪行。我們必須著眼於他今天晚上搞破壞的場所，以及他對那戶人家造成的不安。那戶人家以前曾經提供他溫暖的機會，你們應該也要站在對方的立場想一想。」所有人的目光都盯著我看。「比利，相信你也能明白他們的感受，不是嗎？」

雖然我腦子閃過各種情緒，但還是默默點點頭。

「我只能說，你現在可以先和朗尼回育幼院去，然而等我們聽完史考特夫婦的完整陳述後，會再找你過來。你這次太超過了，比利。你這次的行為，我們不可能只是聳聳肩、給你一個口頭警告，然後就當成一切都沒發生。」

在返回育幼院的路上，我和朗尼比在前往警察局的路上還要安靜。

我知道這次珍和葛蘭特不可能放過我。此刻車子裡只有我和上校兩人，上校的態度變得比剛才嚴厲，不像他在警察局裡時那麼寬容。

他充滿憤怒的沉默說明了一切，讓我不敢打破此刻的靜默。因此，當我的手機在口袋裡嗡嗡作響時，我立刻關上手機，繼續安靜反省自己闖下的大禍。

雙胞胎已經回到育幼院，他們安全了，可是我猜我能待在育幼院裡陪伴雙胞胎的日子應該所剩無多。

33

隔天早上當我醒來時，覺得自己宛如剛打完一場仗。我無法分辨是什麼原因讓我渾身痠痛：是尚恩打在我身上的拳頭，或者是因為我睡在雙胞胎房間外面的地板上。

我沒有睡很久。雙胞胎回到育幼院之後，那些爛人保護官花了一番工夫才讓他們安靜入睡，但是當我進房去看他們時，又吵醒了他們。我和上校之間的氣氛不太愉快，他狠狠瞪我一眼，那種兇惡的眼神幾乎可以擊碎玻璃杯，然後才轉身走進圖書室。天知道我又讓他增加了多少份文書報告要忙，最起碼他又得用掉好幾支原子筆。

雙胞胎最後終於安睡了，但是我睡了又醒，醒了又睡，而且一直夢見尚恩。

早上九點時，朗尼來叫醒我，並且放了一杯還冒著煙的熱茶在我床邊。

「我想我親自叫你起床，總比你被其他院童吵醒來得好。」朗尼的臉上面無表情，語氣也依然冰冷。「喝掉那杯熱茶，然後去洗個澡，這樣可以讓你的腦子清醒一點。」

朗尼說的沒錯。我將蓮蓬頭的熱水開到最強，讓水柱持續沖擊我的身體，以紓解我肩膀上緊繃的壓力。直到水塔裡的熱水用盡、水溫漸漸變冷，我才走出浴室，準備面對可能正等著我的一團混亂。

結果這天並沒有人對我和雙胞胎說太多話。朗尼大部分的時間都躲在辦公室，無論我什麼時間跑去找他，他都忙著講電話，只能一邊把話筒夾在肩膀和耳朵之間，一邊示意我先離開。

直到下午，朗尼才出現在我們面前，而且他的視線焦點只落在雙胞胎身上。「好了，你們兩個！穿上外套，我覺得你們應該去醫院探望一下你們的媽媽。」雙胞胎急急忙忙跑往衣帽間拿外套，臉上露出這天首次展現的笑容。

「比利，你必須留在育幼院裡，不准外出，聽見沒有？你得到保釋的條件之一，就是必須被禁足。我建議你這次最好乖乖聽話。」

反正我本來就不打算出門，我的意思是，我還有什麼地方可去？我已經沒人可找，也沒人想見。以後再也沒有了。

在接下來的一個小時，我蜷著身體縮在床上，試著小睡片刻，但實在無法入眠，只好打開手機，閱讀我昨晚故意忽視的簡訊。

黛西傳來的簡訊。

打電話給我。你應該知道，我事前根本不知情。對不起。黛西

我立刻按下刪除鍵，雖然我不知道自己的反應是因為憤怒或者羞愧。黛西到底想玩什麼

把戲？她怎麼敢說自己不認識珍和葛蘭特？她怎麼可能事前不知情？

我試著回想自己和黛西以前的對話，試著回想我向她聊過多少次他們的事，也試著回想我提及多少次珍和葛蘭特的名字。我一定提過，只是我想不起來。

我認為只要刪除黛西的訊息，就可以把這一切趕出腦海，並且忘記我思緒中的懷疑。然而黛西不肯就此罷休，她不停傳訊息給我，雖然不至於每個小時都傳，但是在接下來的三天，她每天都會傳來幾則簡訊：

你一定得相信我。我真的不知道。我沒有理由騙你。

而且她的簡訊內容並非一直這麼溫和。在四、五則簡訊之後，語氣就會變回比較像黛西說話的調調：

你到底有什麼毛病？真相對你來說難道一點也不重要嗎？你想清楚之後就打電話給我。

結果我怎麼做呢？

我決定不予理會，只把自己所有的心思都放在雙胞胎身上。

我和雙胞胎宛如活在地獄邊緣。我猜我們三個全都嚇壞了。尤其是雙胞胎，他們根本還驚魂未定，因此每次只要一有陌生人出現在他們面前，他們就會顯得焦躁不安。這一點實在不能怪他們。

上校則是來來去去、上班下班，可是他大部分的時間都躲在辦公室，關著門講電話，要不然就是陪雙胞胎到醫院去。直到過了五天之後，他才和彤恩找我們坐下來談話。我原本以為他會告訴我們他這幾天在忙些什麼，因此我感到有點緊張。

「你們知道，我對你們過去這幾天經歷的一切感到很抱歉。」朗尼哀傷的嘆了一口氣。「你們不應該遭遇這些事情，從許多方面來說，是我們的錯。假如我們知道尚恩會出現，我們會更加小心。」

雙胞胎一聽見尚恩的名字，嚇得趕緊縮到我身邊。

「有件事我們可以確定。」朗尼又接著表示。「你們的媽媽並不知道尚恩會出現。從她的各種反應，我們可以確認這一點。她自己也吃了不少苦頭，你們知道嗎？這些年來她一直努力改正自己的錯誤，可是她現在可能還需要再多一點時間，才能再度讓自己的生活回到正軌，同時也讓我們觀察她的狀況。」

「我們還是可以見到她吧？可以嗎？」莉絲問。

「你們當然可以。」彤恩溫柔的說。現在輪到她發言。「我們的計畫仍然是讓你們兩人搬回去與安妮同住。」彤恩說這句話的時候一直注視著我，而且眼神中帶著恐懼和後悔。「可是，正如朗尼剛才所說的，我們現在沒有辦法訂出時程表，也許要等上一個月或兩個月，也許要更長的時間。無論我們還要等多久，一定得等到適合你們媽媽的時機。而且更重要的是，等到適合你們的時機。」

我的心一沉，雖然這是我之前已經預期的結果。那天晚上我看見了安妮的表情，她的眼神充滿恐懼。儘管我知道她會為了掩飾自己的真實感受而刻意假裝勇敢，但是她的演技還不夠好。

彤恩又說了一些關於鼓勵我們、要我們接受輔導的安排，但始終沒在雙胞胎面前提到發生在珍與葛蘭特家的事，讓我鬆了一口氣。

朗尼和我也都沒有向雙胞胎透露這件事，畢竟他們已經承受太多壓力。彤恩帶雙胞胎去看電視之後，朗尼才把談話的焦點轉回到我身上。

「好了，比利。」坐在椅子上的朗尼將身體重心往前移。「我們也得聊聊你惹出來的大麻煩。」

我看著朗尼的眼睛，心裡清楚無論他說什麼，全都是我罪有應得。

「比利，你在珍與葛蘭特家所做的行為是不容接受的，你自己也明白這一點，對吧？」

我緩緩點頭。

「我不能接受，他們也不能接受，更重要的是，警察不能接受，無論你是不是有他們家的鑰匙。相信我，我一點也不想知道你從哪裡弄到鑰匙，也不想知道你用了它多少次。你這麼做是非法入侵，因為那裡已經不是你的家了。比利，你聽懂了嗎？」

我再次點點頭。

「接著是他們的車。老天，你當時到底在想什麼？你已經十五歲了！你知不知道如果發生車禍的話，會有什麼樣的後果？你可能會撞傷別人，甚至害死別人。你明白自己惹了多大的麻煩，對吧？」

「我當然明白，而且我很抱歉。我情緒失控是因為我發現黛西……」

「我不想聽這些，比利。無論你的理由是什麼，都無法讓你的行為正當化。不管你發現了什麼，那是黛西的生活，你必須學著接受。因為就我所知，她現在非常需要朋友。」

「什麼意思？」我被這句話挑起了好奇心。「你和她說過話？」

「不，當然沒有，但是我和珍與葛蘭特談過。事實上，過去這幾天，我和他們說的話比我對我太太說的話還多。」

「他們說什麼？關於黛西的事？」

黛西撫平她父親照片時的表情，依然清晰的烙印在我的腦海中。

「如果你想知道黛西的事情，你得自己去問她。你現在應該擔心的人是史考特夫婦，尤其是葛蘭特。」

「他還在生氣嗎？」

「生氣這兩個字還不足以形容。比利，我的意思是，當你在安妮家看見不該出現在那裡的尚恩時，你有什麼感覺？」

我不敢看朗尼的眼睛，因為我明白他的意思。

「你闖入葛蘭特的家、破壞了一個房間、攻擊他的太太，還偷走他的車子。你應該很慶幸他此時不在這裡。」

「我是不是應該找他談談？」我說，但是一想到那個場面，就讓我心生恐懼。

「比利，在我和彤恩花了那麼多工夫之後，我不認為那是一個好主意。」

「什麼意思？」

「我剛才已經說過，我們和葛蘭特聊了很多，和他們夫妻倆聊了很多。我們已經說服葛蘭特不提出告訴。」

「你說什麼？」

「真的很不容易。事實上，你應該感謝的人是珍，而不是我們。是珍讓葛蘭特改變了心意。」

我放下了心裡的大石頭，但腦子裡還是一團亂。

「我不明白，」我結結巴巴的說。「你們對他們說了什麼？」

「我們告訴他們實話，告訴他們雙胞胎回到安妮身邊讓你心力交瘁，告訴他們你在過去這幾個月改變很多，也告訴他們無論你如何說服自己，你的安全感持續不了五分鐘。」

對於朗尼為我所做的一切，令我感到很羞愧。他說的沒錯，我不能就這樣假裝沒事，我很清楚這一點。

朗尼將我從思緒中拉回來。

「但是你別以為這樣就沒事了，因為你待會兒要做的第一件事，就是寫一封最長且最誠懇的信給珍和葛蘭特，向他們解釋為什麼你要做那些壞事，而且更重要的是，你得告訴他們，你打算如何彌補這一切。」

我不解的看著朗尼。

「你必須賠償他們，比利，包括壞掉的照相機、黛西房間裡被你破壞的物品，還有他們的車子。你還得替他們的房子換上新鎖。你聽見了沒？」

朗尼兇巴巴的對我說這些話時，我覺得自己宛如新兵訓練中心的菜鳥。於是我點點頭，懷疑自己要等到何年何月才能賺到這麼多錢賠償他們，但是知道真相比自以為安心來得好。

「就這樣嗎？」我問朗尼，心裡明白自己得寫一封好長的道歉信了。

「不，我還有三件事情要說。」朗尼不高興的說。「首先，你還是得跟我去警察局一趟。雖然史考特夫婦不告你了，警方還是想知道你這樣胡鬧的理由。比利，這是你最後的機會，你明白這一點，對吧？」

我默默點頭。

「第二件事情。」朗尼又接著說。他向我靠近時，看起來依舊一臉嚴肅。「安妮告訴我一件事。」

我皺起眉頭，希望安妮不要再為了把雙胞胎帶回家，而打算玩什麼把戲。

「我知道檯燈的事，比利，我知道你原本打算用檯燈攻擊尚恩，但是也知道你最後克制了自己。我只想告訴你，你做出這樣的決定，讓我深深以你為傲。」

我聽了之後滿臉通紅。

「你知道我最感到驕傲的是什麼嗎？」

我毫無頭緒。

「我認為你早在六個月前就想動手打尚恩了，因此沒想到你會再三考量自己行為的是非對錯。從這點來看，讓我相信你真的變了很多。我知道你自己可能沒有意識到，但這也無可厚非，畢竟這幾個月發生的事讓你相當混亂。然而你可以相信我，你將來一定也會發現自己的改變。」

我準備起身離開，一心希望朗尼說的話都是對的。

「喂，我還沒有結束。」

於是我又轉身面對上校，好奇他還要說什麼。結果他什麼都沒說。

相反的，他伸出手，遞給我一個信封。

我看著那個信封，上面沒有寫字，一個字都沒有。

「這是什麼？」我問。

上校只是笑了一笑，然後開玩笑似的將我輕輕推向門邊，示意我可以離開。

舊車庫裡相當安靜，沒有別的院童吵吵鬧鬧，或是爛人保護官在一旁不耐煩的等待換班。這裡只有我一個人，以及朗尼為我打造的小小世界。自從這個健身房啟用之後，我在這裡待了不少時間，對著沙包練拳，將我體內不斷啃食我的憤怒發洩出來。

我唯一無法甩開的是尚恩。

他沒有消失。

我揮拳的時候，尚恩一直都在，但是他已經不像從前那樣恥笑我，我也已經不需要揮拳揮到虛軟無力才能讓他消散。

不過，今晚我不是來揮拳或訓練的，我是為了這封信而來。我想確定自己是否真的想打開這個信封。

我知道這封信裡寫些什麼，一定是葛蘭特寫來的，他要警告我，叫我遠離他的家人。坦白說，根本不需要他來警告我。不過，我也知道自己不能不打開這封信，因為朗尼一定會問我這封信裡寫了什麼。

於是我撕開信封，結果卻發現信上的字跡不是葛蘭特的。

我知道不是葛蘭特的字，因為我在學校裡看過這個字跡。

親愛的比利：

沒想到我竟然得寫信給你。我記得自己之前最後一次寫信，是寫給聖誕老人，而且他最後也沒有送給我我想要的禮物。既然如此，為什麼我還是決定透過寫信的方式與你聯繫呢？——坦白說，我自己也不清楚，但起碼我得試一試，你說對吧？

比利，我只希望你明瞭一件事。

這件事情我希望你能相信。

我本來不知道你認識珍與葛蘭特，更不知道他們就是你的養父母。我的意思是，我不明白你怎麼會認為我知道你們之間的關係？

每一次你提到「那對夫妻」時，從來沒告訴過我他們的名字。要我確認他們是否真的存在已經夠困難了，更別說要我去調查他們的資料。

比利，我向你保證，如果你曾經告訴過我他們的名字，如果我知道你的養父母是誰，我怎麼可能什麼話都沒說？你覺得我藏得住臉上驚訝的表情嗎？

我不擅長演戲，好嗎？

除此之外，有你在身邊的感覺真好。

我的意思是，雖然你很討人厭，一天到晚煩我、追問我以前發生的事。

可是，你知道嗎？

如果這表示你信任我，我願意把我的故事告訴你。

全部都告訴你。

我媽和我爸都已經過世了。

我媽在生我的時候因為難產而過世，所以我這輩子都覺得是自己害死了她。你不必白費口舌說我想太多，我爸爸也一直這樣安慰我，但是我始終難以擺脫這種想法，你明白嗎？我怎麼可能甩得掉這種想法？

我一直與我爸爸相依為命。

後來他也走了，在一場車禍中喪生。而且他那天之所以會在那輛車子裡，是因為我的緣故。

因此，我也覺得是自己害死了他，就像我害死我媽一樣。

現在我只剩下一個人了。對，我有珍和葛蘭特，但是那還不夠，永遠都不夠，無論他們對我有多好。

現在你知道我的過去了。如果你能將這封信讀到最後，或許你就會明白我是值得你信任的人。我說的全是實話。比利．芬恩，我覺得我們可以當好朋友，你和我。

但是我不打算求你。

我也不會再傳手機簡訊給你。

一切由你來決定。

如果你願意，歡迎與我保持聯絡。

黛西

我猜我讀這封信的時候大概一直屏息著。

或者一直等到讀完後一分鐘，才又重新開始吸氣吐氣。

相反的，我只是呆坐著思考黛西在信裡說的一切，並回想我和她之前交談的內容，以及她看起來茫然失神的模樣。

過了好幾分鐘，甚至可能過了一個小時，我才恍然明白。

我明白自己應該怎麼做了。

做這件事不必花太多時間，但是我必須先回到我的房間。

於是我跑出舊車庫，鎖上車庫的門，往草原那一頭跑回育幼院。

那天晚上，當我躺在床上時，我覺得腦袋裡有好多東西必須思考，因為一切都變了。然而從某些角度來看，一切又彷彿依然維持原狀。

雙胞胎回育幼院了，但可能會再離開。上校還留在這裡，我知道他很關心我，但他終歸得回去自己的家。

至於我，什麼都沒變。

我依然是育幼院的院童比利・芬恩。

我依然住在育幼院裡，一直得等到我十八歲的時候，他們才會把我踢出去。

然而我知道我有機會。雖然我不清楚應該如何把握，但我知道機會一直都在。我必須證明一些事情——向雙胞胎證明、向安妮和朗尼證明。雖然我有點害怕，但起碼機會在我手中。

我開始寫信給珍和葛蘭特，朗尼也一如往常跑來多管閒事，說我寫的內容「不夠熱情」，所以我只好重新寫過。

雖然我知道寫信給珍和葛蘭特是我的首要任務，但其實我比較想傳個訊息給黛西。只是每當我躺在一片漆黑之中，就不知道自己應該對黛西說些什麼。

我只知道自己一定得與黛西聯絡。

不需要別人提醒，我知道自己必須向她道歉。

因為我的天花板上有一顆閃亮的星星，那顆星星讓我永遠無法忘記。

故事館 57

等星星發亮的男孩

Being Billy

作　　者　菲力・厄爾（Phil Earle）
譯　　者　李斯毅
美術設計　黃伍陸
責任編輯　巫維珍

國際版權　吳玲緯　蔡傳宜
行　　銷　何維民　吳宇軒　陳欣岑　林欣平
業　　務　李再星　陳紫晴　陳美燕　葉晉源
副總編輯　巫維珍
編輯總監　劉麗真
總 經 理　陳逸瑛
發 行 人　涂玉雲
出　　版　小麥田出版
　　　　　10483台北市中山區民生東路二段141號5樓
　　　　　電話：(02)2500-7696　傳真：(02)2500-1967
發　　行　英屬蓋曼群島商家庭傳媒股份有限公司
　　　　　城邦分公司
　　　　　10483台北市中山區民生東路二段141號11樓
　　　　　網址：http://www.cite.com.tw
　　　　　客服專線：(02)2500-7718｜2500-7719
　　　　　24小時傳真專線：(02)2500-1990｜2500-1991
　　　　　服務時間：週一至週五09:30-12:00｜13:30-17:00
　　　　　劃撥帳號：19863813　戶名：書虫股份有限公司
　　　　　讀者服務信箱：service@readingclub.com.tw
香港發行所　城邦（香港）出版集團有限公司
　　　　　香港灣仔駱克道193號東超商業中心1/F
　　　　　電話：852-2508 6231　傳真：852-2578 9337
馬新發行所　城邦（馬新）出版集團 Cite (M) Sdn Bhd.
　　　　　41-3, Jalan Radin Anum, Bandar Baru Sri Petaling,
　　　　　57000 Kuala Lumpur, Malaysia.
　　　　　電話：+6(03) 9056 3833　傳真：+6(03) 9057 6622
　　　　　讀者服務信箱：services@cite.my
麥田部落格　http://ryefield.pixnet.net
印　　刷　漾格科技股份有限公司
初　　版　2019年2月
初版六刷　2022年6月
售　　價　350元

ISBN 978-986-96549-7-5
Printed in Taiwan.
本書若有缺頁、破損、裝訂錯誤，請寄回更換。

國家圖書館出版品預行編目資料

等星星發亮的男孩／菲力・厄爾（Phil Earle）作；李斯毅譯. -- 初版. -- 臺北市：小麥田出版：家庭傳媒城邦分公司發行, 2019.02
　面；　公分. --（故事館；57）
譯自：Being Billy
ISBN 978-986-96549-7-5（平裝）

873.59　　107020183